MW01251818

IL VINT M'OUVRIR LA PORTE

Romancière, journaliste, dramaturge, ex-membre du jury du prix Femina, Madeleine Chapsal a publié de nombreux romans chez Fayard.

MADELEINE CHAPSAL

Il vint m'ouvrir la porte

ROMAN

FAYARD

ISBN : 978-2-253-12486-3 – 1ʳᵉ publication LGF

À tous mes séducteurs, et aux autres...

Là où ma sincérité disparaît, je suis aveugle ; là où je veux savoir, je veux aussi être sincère, c'est-à-dire dur, sévère, étroit, cruel et inexorable.

NIETZSCHE.

Est-ce que ce monde est sérieux ?
Francis CABREL, *La Corrida.*

I

Il vint m'ouvrir la porte et dans le bref regard que je lui lançai avant de passer devant lui, il me déplut à nouveau. On a beau voir les gens régulièrement, partager avec eux des repas et des lectures, savoir reconnaître au loin leur silhouette, émettre des idées sur la façon dont ils devraient se vêtir – en somme les avoir, pense-t-on, parfaitement explorés –, chaque fois qu'on les rencontre à nouveau on reçoit le même petit choc : dans l'espace d'une seconde on éprouve l'exact effet qu'ils nous procurent et que ni l'intimité ni l'habitude ne modifieront.

C'était bien dommage, pour Paul.

Au moment précis où nous étions remis en présence, je me sentais écœurée. Un corps peureux, une complaisance à m'accueillir qui dissimulait de l'aigreur, sans doute parce que je ne m'accrochais pas à son cou. Son ressentiment me donnait envie de m'enfuir ou de lui jeter à la tête l'impression qu'il me faisait.

Absurde : on ne reproche pas aux plantes d'être malingres. Je venais là librement. Il n'était que mon amant d'occasion, rien d'autre. Pourtant, au début de toutes mes visites, j'avais la même réaction : « Ce coup-ci, non ! » Et je maintenais de la distance entre nous pour prévenir ses gestes d'approche. Je tripotais des objets, étudiais le dos des livres. Paul me suivait, reproduisait mes déplacements. C'en était comique. Pour l'agacer, je lui narrais que j'étais beaucoup sortie, que j'avais été voir le film qu'il était censé me faire découvrir, que toutes ces activités m'avaient donné faim, soif, sommeil. Sous-entendu : surtout pas de faire l'amour !

Il tombait dans le piège et me reprochait avec amertume mon peu de considération pour sa personne : « Non que tu le fasses exprès, mais tu manques de délicatesse. »

À partir de là, j'avais le choix entre deux solutions : ou le rendre bien malheureux et l'amener au bord des larmes, ou le mettre en colère au point qu'il me sorte quelque phrase cinglante et, ma foi, pas mal tournée. Alors je me rapprochais soudain de lui, passais mes bras autour de ses minces épaules, enfonçais mon menton dans son dos, partageais son chagrin.

Comme nous étions tristes !

Il ne nous restait plus qu'à nous embrasser. Du bout des doigts je touchais ses yeux, ses joues avec compassion. Il se laissait faire jusqu'à l'instant où, nous croyant réconciliés, il prenait ma bouche.

Malgré moi j'avais un geste de recul : je n'aimais pas son odeur. Mais il lui arrivait de me maintenir fermement, dans une sorte d'exaspération. Son désir était rageur. Je l'observais tâchant de me déshabiller, puis je l'assistais. Après tout, j'aimais bien être nue et caressée.

Je me demandais si, pendant l'acte, il pensait à moi et comment. Parfois je le lui demandais. « Tais-toi », disait-il dans un souffle. Je supposais qu'il prenait ce ton passionné parce qu'il était embarrassé pour me répondre. Les hommes ne savent pas parler de l'amour. C'était dommage, cela m'aurait plu d'apprendre ce qu'il avait dans la tête lorsqu'il tremblait si fort. L'image d'autres femmes, peut-être, ou de lui-même en train de jouir. Amusant de penser que je lui servais à ça : à rentrer en lui-même, à s'y recueillir.

Dès qu'il en avait fini, je sautais hors du lit. J'avais besoin de fuir son odeur, de me secouer de lui. Mon empressement à le quitter l'horripilait. Il me faisait remarquer que j'étais brutale, dépourvue de sensibilité.

Je passais rapidement mes vêtements. J'aimais être habillée tandis qu'il était encore couché, nu. Je soulevais le drap et caressais son corps tout du long jusqu'à ce que le désir le reprenne et qu'il cherche à m'attirer. Alors je le repoussais fermement, me rencognais, hors de prise. S'il insistait, je me sauvais carrément.

La plupart du temps, nous nous quittions brouillés.

Dehors, je retrouvais la Seine. Les deux côtés de Paris penchent vers cette rigole. Quand on la longe, on fixe obstinément son creux, ce lit liquide, cet aimant pour noyés. Pour s'en sauver, on s'exclame que c'est beau. Je me disais ces choses-là parce que je ne pensais plus à Paul. C'était le trait le plus régulier de nos rapports : lorsque je le quittais, je l'oubliais. Je savais qu'il demeurait parmi ses livres avec peu d'idées que je n'eusse pu avoir à sa place, peu de sentiments qu'un mouvement fortement concentré ne fût parvenu à retourner. Il ne m'appartenait pas, qu'en aurais-je fait ? Mais ce garçon était facile à rendre heureux, et c'était un tort sans appel.

Sa justification étant qu'il me donnait l'envie d'autres gens. Si je n'avais pas conservé le souvenir de sa démarche en biais, de son absorption dans les journaux du soir, j'aurais passé une partie de la nuit à lire du Balzac. Rideaux tirés, sous le minuscule pinceau d'une lampe de chevet, on respire benoîtement son confort au cœur des ténèbres.

Mais il faut être grave pour tolérer ces plaisirs-là. Soyons juste, avant même de connaître Paul, je ne m'y livrais plus. Dès que je rentrais chez moi, je faisais rapidement le tour de mes trois pièces, semant à mesure et en rythme mon manteau, mes gants, mes bijoux, mon sac. C'est l'inconvénient de vivre seul : on pose pour les esprits aux aguets derrière les murs. Puis je m'installais à plat ventre sur le lit, téléphone à terre et à portée de main – ou je m'accroupissais à ses côtés, feuilletant mon carnet d'adresses. Quel partenaire que le téléphone ! J'entreprenais mon répertoire par un bout, puis par l'autre pour ne pas toujours favoriser le côté des A.

Les ressources, à vrai dire, étaient piètres : dans un monde aussi planifié que le nôtre, on trouve difficilement quelqu'un de libre pour, sur-le-champ, aller dîner. J'émondais patiemment les noms que je savais d'avance inutilisables – en voyage, gardien d'enfants, au théâtre – avant de me fixer sur deux ou trois possibilités.

Je les appelais en ordre dispersé, non sans avoir commencé par le numéro de Guillaume. C'était une règle, un rite, un défi qui me laissait un goût d'espoir pourri dans la bouche – car il ne répondait jamais –, et bien de l'alacrité pour attaquer le correspondant suivant.

Ce soir-là, j'accrochais Anne. La plupart du temps, je la fuis. Personne ne me donne autant l'impression que la vie est une aventure merveilleuse et que j'en perds ma part à demeurer auprès de cette fille. Est-ce sa beauté ratissée que trouent deux yeux mornes d'avoir renoncé à rester sauvages, ou son langage, qui m'accablent ? En quelques phrases de plaintives confidences, elle réduit le va-et-vient de notre monde commun à une loterie de foire où chacun reçoit rarement le lot qu'il mérite. D'habiles individus parviennent toutefois à forcer la chance, mais le prix qu'ils en retirent ne vaut pas l'effort ! Autre est son choix personnel, qu'elle déplore pourtant ; en vrac parmi les manteaux de fourrure, le culte de l'amourette, de l'art, de la bonne santé, j'ai fini par en saisir l'objectif : la sécurité.

L'ennui, avec la sécurité, c'est qu'elle peut revêtir mille formes et il suffit qu'Anne mette la main sur l'une de ses apparitions pour qu'elle la nargue au loin sous une autre forme ! Argent, mariage, maisons, enfants...

Quand cette femme est bien désorientée, et malheureuse, elle lit de la philosophie hindoue et cesse de téléphoner à ses amis. Quand elle me revoit, c'est pour m'humilier qu'elle m'explique que je suis en train de rater ma vie ; du coup, elle me quitte plus joyeuse.

Là, je l'invite à m'accompagner au cinéma. Après avoir insisté sur les causes fortuites qui me permettent de la trouver libre – à chacun ses fiertés –, Anne accepte. Elle m'attend devant chez moi, menton haut levé, mal à l'aise quand on la regarde, irritée si on l'ignore.

Son regard détaille ma silhouette et en décèle immédiatement les points pour elle importants : un foulard neuf, des yeux battus. Je la prie de m'excuser de l'un et des autres en me rassasiant de sa jolie peau. J'ai toujours envie d'embrasser cette plage plate, sous l'œil, où persiste de la candeur. Je lui donne le temps d'émettre des restrictions au sujet du mauvais film que nous allons voir, puis je l'entraîne.

Dans l'ombre de la salle, j'étudie son profil. Elle feint d'ignorer mon regard, puis me sourit, épanouie. « Je t'aime bien, tu sais », me dit-elle, et elle glisse sa main dans la mienne.

Il y a des soirs, comme celui-ci, où j'inspire d'emblée la confiance. D'autres où je laisse l'autre s'effarer face à moi, la voix de plus en plus aiguë. Je n'agis nullement par caprice : on est parfois incapable de rassurer les autres et la crue montante de leur angoisse achève de vous paralyser.

Aujourd'hui je suis sémillante, prête à m'exposer à l'acidité de ses jugements, auxquels il arrive d'atteindre honorablement la perfidie si je n'y mets bon terme ! Le coup d'œil timide qu'elle me décoche alors me ravit.

Reste que si je ne manifeste rien, elle quitte vite ces hauts lieux où, tous comptes faits, elle respire mal, et elle m'est reconnaissante de lui permettre de regagner la terre ferme. Pour me remercier, elle m'administre alors quelque onction. Douces paroles qui conduisent immanquablement à cet épilogue : « En somme, ma chère, nous sommes pareilles aux autres ! » Le cas échéant, elle reprend de la glace à la vanille...

Pour la distraire de nous deux, je l'emmène dîner et lui offre mon après-midi avec Paul. Elle s'en empare, ravie. J'apprends incontinent que je suis fort intelligente de me faire aimer par quelqu'un que je n'aime pas. J'y garde ma liberté d'esprit et de cœur, c'est-à-dire la liberté de m'intéresser à des événements tels qu'un voyage, la politique, une rencontre, et le goût de m'instruire.

Ainsi, elle (c'est le côté didactique d'Anne, qu'elle ne peut développer une idée sans s'immoler en exemple), lors de son aventure avec Fernand, s'est morfondue à huis clos entre de l'aspirine et des disques !

Je compatis et m'enquiers de l'état actuel des choses. Elle me déclare aussitôt que c'est une histoire bien finie, et peu regrettable. Devant mon impassibilité, elle doit juger qu'elle va perdre mon estime si elle ne ranime pas mon intérêt. D'une voix tendue, elle me lance : « J'ai quelque chose à t'avouer ! », et son visage se durcit.

Pour ne pas l'effaroucher, je me ramasse sur moi-même et lui indique des paupières qu'elle peut y aller.

Rien n'est pathétique comme la façon dont une femme vous apprend qu'elle est amoureuse et se croit engagée dans une aventure où elle ne maîtrise rien ! D'une part, elle tient à communiquer qu'il lui arrive là quelque chose de superbe ; de l'autre, le faux détachement de ses paroles, l'imprécision de ses propos par rapport à une situation à laquelle elle ignore quel sens donner, tout indique qu'elle est dans l'effroi.

À force de questions, je saisis qu'il s'agit d'un garçon aux cheveux flous, au sourire amer, dont les ambitions dépassent largement le cadre administratif où il se trouve évoluer.

En ce domaine, la clarté d'esprit est d'un emploi difficile : il peut me venir à l'idée de lui demander si elle l'aime, s'il l'aime, s'ils sont heureux ensemble et où cela risque de les conduire, mais ce serait vulgaire. Aussi je la laisse à son vague : « Tu comprends, nous nous promenons ensemble au Bois, il adore la musique et nous nous sommes retrouvés l'autre soir au même dîner ! »

J'étais trop lourde pour intervenir dans ce mécanisme délicat : la vie rêvée d'Anne ! Je me tais, impuissante, attendrie. Mais c'est sous-estimer le pouvoir d'écoute et de réflexion de ceux qui parlent ; alors que je m'expose, sottement béate, à la flambée de son excitation, elle me dit soudain, comme on s'interrompt de parler de ses soucis pour évoquer ceux de son interlocuteur : « Et toi : Guillaume ? »

Prise à l'improviste, je sursaute : « Il y a longtemps que je ne le vois plus, tu sais bien. » Et, le cœur broyé, je me tasse comme si l'on braquait sur moi le faisceau d'un projecteur, alors que je me croyais à l'abri. En même temps, je m'effraie de me découvrir autant à la merci d'Anne. Mais le moment d'inquisition est passé, elle reprend ses rêveries à voix haute. J'en déduis que ce coup si bien asséné est venu du hasard et n'a pas été délibéré.

J'allume une cigarette. La clientèle du restaurant se remue autour de nous ; voûtant les épaules, je me sens vulnérable à d'inconnus périls. « Viens, sortons », dis-je à Anne.

Sur le trottoir, je lui prends le bras. Des nuages noirs se déchirent au-dessous d'un ciel plus clair où luit un croissant de lune. Ce spectacle céleste, comme les arbres qui commencent d'être en feuilles, la foule pacifique s'acheminant vers les bouches de métro, tous ces pans du monde me paraissent tendres et menacés. En fait, la compassion que je me refuse, je la dispense à ce qui m'est extérieur.

Nous nous arrêtons devant l'immeuble où vit Anne. Je l'embrasse sur la joue, puis dans le cou. Cette peau tiède m'inquiète : tant de douceur promenée sans défense... J'ai pitié.

Anne réplique à mes baisers. Je vois de près sa lassitude, ses cils qui frémissent, sa bouche entrouverte. Elle doit montrer ce visage-là aux hommes. Ils prennent sans doute son air battu pour une expression voluptueuse. Amusée à la pensée de leur extase, je mordille ses cils, renifle ses cheveux. « Ça se terminera comme ça, entre nous deux », dit-elle, fort digne, en me quittant.

Je rentre en taxi, incapable de me promener seule dans l'approche de l'été.

On a tort de croire que c'est pour fuir la douleur qu'on recherche la compagnie. C'est au contraire pour la maintenir bien en place, calée au centre de son organisme éperdu, qu'on a besoin des yeux, de la voix, de l'indifférence des autres. Il me les fallait. Quête fébrile, malchanceuse : Paul n'était pas chez lui, Anne me dit qu'elle avait des amis à dîner, mais que je pouvais les rejoindre, qu'il s'y trouvait Hélène.

Hélène ! Son trait dominant est d'être – où qu'elle soit – le centre d'une assemblée. Je la vis tout de suite, à vrai dire je perçus sa silhouette se détachant contre la baie vitrée. Hélène est d'une dizaine d'années plus âgée que nous : somptueuse, elle approche de la quarantaine, ce qui lui confère une dignité qui rabat mes enfantillages.

J'avais l'intention de me coucher sur le tapis et de réclamer les disques en vogue. L'air d'apparat d'Anne m'avertit qu'il n'y fallait pas compter. Je me contentai alors de mimer l'insolence : je m'abattis au creux d'un divan, les pieds en l'air. J'avais calculé ma chute : à mes côtés se trouvait le garçon qu'Anne m'avait dépeint l'autre soir comme étant son amant.

C'est une aubaine que de connaître à leur insu le poste officieux des gens, cela invite à la bonhomie.

L'observant du coin de l'œil, je le trouvai gracieux et m'exclamai familièrement : « Ah, c'est vous, le fonctionnaire ! » Il me confirma qu'il travaillait dans un ministère. Je prétendis que l'odeur des bureaux me suffoquait et que pour racheter cet état larvaire, il se devait d'être à la solde de Staline ou du Vatican.

Le garçon avait de beaux yeux un peu mouvants. Il les abaissa sur sa cigarette avec quelques mots d'acquiescement, plutôt de pacification. Avait-il peur ? Je revins à la charge, proposant, pour désennuyer ses journées, de quémander par son truchement les faveurs de son ministre, et j'inventai mille niaiseries.

Mais à mesure que s'accentuait l'inanité de mes propos, il s'attachait à en réprimer le jaillissement. Visiblement, mon excitation ne lui valait rien.

Peu de choses m'abattent comme la défection d'un interlocuteur. Je coulai dans le silence. Il me sembla que je ne pourrais jamais plus parler, ni même remuer. Les problèmes que cette attitude allaient causer m'inquiétèrent un instant. Mais cela aussi s'estompa.

C'est à ce moment qu'Hélène intervint. Sa voix, d'abord, qui sollicitait une place sur le divan. Le bureaucrate s'écarta et elle s'installa entre lui et moi. Cet événement me fit refaire surface : si j'avais paru surexcitée au garçon, Hélène risquait de me juger abrutie. J'attendais, revêche. Cette femme ne tripote ni les objets ni les plis de sa robe. Le but exclusif de son corps semble être de porter son regard. Son immobilité me gêna : je levai les yeux et rencontrai les siens.

Il me sembla qu'il y avait très longtemps qu'on ne m'avait pas destiné un regard, ni un sourire.

La première fois que j'avais rencontré Guillaume, c'était en plein soleil. Ces détails-là ont leur importance. J'étais avec une amie et pendant qu'il lui parlait, je considérais son ombre sur le sol. Une drôle d'ombre, tassée, hérissée de cheveux. Je me familiarisais avec elle et lorsqu'il fallut dire au revoir et lever les yeux sur lui, je m'étonnai de constater que cet homme m'était étranger.

Par la suite, je ne l'ai revu que le soir, à la nuit tombée, dans des dîners.

On sort pour satisfaire ses besoins de comédie. Guillaume ne parlait pas, mais semblait écouter. En secret je m'amusais à le prendre pour témoin de mon habileté ou de mes hypocrisies. C'est ainsi que je m'étais créé une intimité avec lui.

Je m'en aperçus un soir qu'il me raccompagnait dans sa voiture. Je ne pouvais m'adresser à lui d'une façon légère, il me semblait que le moindre mot que je prononcerais serait chargé de sens. En fait, nous ne nous dîmes presque rien. Il stoppa le véhicule devant ma porte. Il ôta le contact et posa ses mains sur ses genoux, sans me regarder. Au lieu de sortir de la voiture en remerciant, comme il convenait, je demeurai immobile. Une invraisemblable pesanteur me clouait à ses côtés. Je prenais conscience de l'habitacle, des trottoirs déserts alentour, du silence, – et il me semblait que c'était vivre.

Cela aurait pu durer des heures. C'est lui qui parla le premier.

L'inaccoutumé de notre attitude ne me gênait pas. J'étais à la fois tendue et tranquille. Il émit une réflexion sur un sujet tout à fait neutre et j'en conclus que lui aussi se trouvait bien. Nous échangeâmes ainsi quelques propos. Enfin je mis la main sur la poignée de la portière. Il tourna vers moi un regard rapide, violent. Je pensai qu'il allait demander à me revoir. « Vous devriez ne sortir que la nuit, cela vous va bien. » Je l'entendis démarrer derrière moi. C'est ainsi que j'ai commencé à l'inventer.

La complicité entre les femmes cesse dès qu'apparaît un homme. C'est ce phénomène qui m'avait rendue méfiante à leur égard. À certains instants, on les tient toutes éplorées contre soi, surprise d'aimer leur parfum, et brusquement les voilà qui s'écartent et vous soupèsent de l'œil : un homme est là ! Le trait le plus regrettable de mon sens social, c'est que la compétition me lève le cœur. Je n'aime jouer que pour l'honneur, jamais pour le gain. Ces désintéressements sont mal appréciés dans le domaine de l'amour.

Le lendemain de la réception chez Anne, j'étais chez Hélène, où je venais de dormir, lorsqu'on annonça François. Après avoir rectifié ma coiffure à son gré – Hélène joue volontiers les Pygmalion avec de plus jeunes –, elle entreprit de rajuster le nœud de mon chemisier en soie. François là, elle achève tranquillement son opération avant de nous présenter l'un à l'autre. Une seconde, j'imagine qu'elle va faire de moi un animal égaré : « Regarde ce que j'ai ramassé hier ! » Non, elle explique qu'elle m'a rencontrée la veille chez cette sotte d'Anne (la brutalité du jugement m'égaie), que je lui ai d'autant mieux plu que je détonais dans cette assemblée piaillante, – et comme elle m'a jugée triste, elle m'a invitée à passer la nuit chez elle.

Je ne savais pas qu'on pouvait exposer des faits de l'ordre du sentiment à des hommes sans

leur fournir des motifs satisfaisant la raison !
C'est dire que je connaissais mal leur espèce
pour ne l'avoir fréquentée qu'en surface, et, à
son ton, je compris qu'Hélène, pour sa part, en
avait plus que moi l'usage.

François s'inclina devant moi sans répondre :
un hommage rendu aux agissements d'Hélène
plus qu'à ma personne. Puis il s'excusa d'avoir
à parler d'affaires que j'ignorais et il se cala dans
un fauteuil. Il était sombre d'aspect, beau. Le
mouvement de ses poignets, le débit de ses
phrases étaient d'une négligence suggérant une
certaine fatuité.

Je songeai alors à la gaucherie de Guillaume
et la trouvai plus attirante. L'aisance est le plus
souvent un masque pour dissimuler une forme
de timidité : le véritable naturel est maladresse.

Droite sur sa chaise, les plis de sa robe en
étoile autour d'elle, Hélène répond à François.
Elle démonte habilement ce qu'il vient de dire et
semble y ajouter alors même qu'elle se contente
d'en dresser la nomenclature. Je découvre que
son talent est avant tout d'exposition.

Content, François peut alors ramasser les éléments de sa pensée, désormais bien lustrés, pour
organiser d'autres constructions. Dans ce
numéro que je leur devine familier, je n'ai pas

ma place. J'enserre mes genoux entre mes bras comme pour rassembler tout ce que je suis, et j'examine cette pièce et ces gens étrangers. Il y a une volupté à se sentir de trop. On se découvre du poids.

L'appartement, lambrissé, est exigu ; chaque recoin, sensibilisé comme il convient à Hélène. Ces deux êtres entretiennent les relations de la force : chacun engageant honnêtement ce qu'il possède dans l'œuvre commune. De plus, ils se servent mutuellement si bien de témoins que vraiment – oh, vraiment ! – je me demandais ce que je faisais là.

Soudain François se tourna vers moi : « On vous ennuie, n'est-ce pas ? » Les plis qui se formaient autour de sa bouche indiquaient l'ironie. Il devait penser qu'en réalité j'avais de la chance d'assister à un affrontement aussi brillant mais que je n'étais pas capable d'apprécier.

L'étalage du plaisir qu'on prend à son propre spectacle, fût-il éminemment fondé, déclenche chez moi une réaction immédiate : je démarrai comme un troupeau dans le désert :

« Vous savez, je n'écoute guère ce que l'on dit. La trame des conversations m'échappe, et je ne saisis pas où les parleurs veulent en venir. En revanche, je suis fascinée par les détails. Ainsi la couleur de vos chaussettes, celle de vos yeux et du mouchoir brodé de la dame au portrait, là, derrière vous, est la même. Curieux, non ? Et puis, je me disais que vous tenez votre cigarette tournée vers l'intérieur, le bout allumé près de votre pouce : élégant mais malcommode, vous pourriez vous brûler... »

J'exprimai le tout d'une voix monocorde, comme gênée d'autant parler, mais l'excitation des batailles m'incendiait la tête, ce qui m'empêcha de bien noter les réactions. J'avais dû ouvrir une lucarne sur l'absurde, puisque François ne répondit pas, et je le fixai droit dans les yeux pour qu'il ne se méprît pas sur l'insolence de mes intentions. Il avait des yeux étranges, longs et étroits.

L'avais-je effectivement désarçonné ? Son sourire, son silence semblaient dire : « Je pourrais vous suivre sur ces voies-là, mais je n'y tiens pas ! »

J'avais relégué Hélène hors de mon attention. Ceux à qui l'on assigne un rang de spectateur s'y cantonnent en général avec reconnaissance. Je fus surprise de l'entendre : « Ça n'est pas exact que vous ne savez pas écouter, Mathilde. Seulement, vous vous installez d'un bond au cœur des problèmes pour décider qu'il ne s'en pose aucun et qu'il est donc inutile d'en discuter. Le temps vous gêne, cela vous arrangerait qu'on puisse vivre en cinq minutes, comme ça, très violemment. Sous vos cheveux plats, ramassée sur le tapis, j'imagine que vous vous croyez invisible. Alors que votre présence fait frémir jusqu'à ces pauvres roses. »

La plupart des gens, quand ils vous prêtent des traits ou des mœurs, vous font sentir qu'ils en sont indisposés. « Tu es comme ci, tu es comme ça... » sonne comme un reproche. Hélène met de la bienveillance au portrait qu'elle fait de moi : on dirait que me découvrir des aspects bien déterminés l'enchante et elle m'enveloppe d'une curiosité émue. Son regard va de mon visage (que je sens désespérément sournois) aux objets qui m'entourent, comme si elle n'en revenait pas de cet assemblage. « N'est-ce pas qu'elle a l'air d'un jeune fauve ? » dit-elle à l'adresse de François.

Il m'a jeté quelques brefs coups d'œil, sans doute pour vérifier l'effet sur moi des propos d'Hélène. Je me gardai d'en paraître affectée. « Griffue comme les chimères, finit-il pas concéder ; mais cela ne prouve rien. »

Lettre à Guillaume, absent de Paris.

Mon cher, que vous avez de la chance de ne pas être ici au printemps ! On se sent odorant et bête comme les fleurs de marronniers, et j'ai de la peine à vous écrire. Toutefois, je m'intéresse suffisamment à vous pour me sentir capable de vous poser cent questions sur ce que vous faites, mais cela risquerait de vous sembler aussi platement agressif qu'un interrogatoire de police. Il vaut mieux que je vous parle de mes agissements, même s'ils doivent vous paraître vains.

En bref : je continue à voir des gens qui me déplaisent, pour me stimuler et me donner à peu de frais des envies d'évasion. Vous savez qu'il est rare que je me les passe, je suis fidèle comme les marées, ça se saura un jour. Cependant, j'ai rencontré deux personnages égayants. Elle, une belle femme abondante, avec des cheveux longs et l'intelligence si vaste qu'elle en devient candide ; une allure un peu biblique, autrement dit. Il paraît qu'elle écrit. J'attendrai de ne plus la trouver intéressante pour savoir comment. Lui, s'occupe de gouverner au Quai d'Orsay. Cela me fait penser que j'ignore de quoi il est spécialiste ; au jugé, je lui donnerais bien le Moyen-Orient, mais peut-être est-il branché sur les États-Unis. Ces hommes ont un reflet de tapis vert sur le visage, qui brouille tout. Il est habillé par les Anglais et se targue de lire Saint-Simon (c'est peut-être vrai).

Vous allez encore dire que je décris flou. Je n'ai d'idées précises que sur ce qui ne se voit pas. Par exemple, je me demande comment ils font l'amour, de puissance à puissance !

À propos, de quelle manière vous conduisez-vous avec les Américaines ? Il est vrai que, quoi que vous fassiez, elles y verront le comble du vice, aussi navrant que de se faire faire la cour par un collégien.

Ne pensez pas que je vous manque, ce serait une illusion d'optique : vous savez bien qu'on m'utilise infiniment mieux lorsque je suis absente.

Tendresses, M.

PS. – Ces âmes courageuses tentent de m'apprivoiser. Ils me jugent triste. C'est ma nouvelle façon de séduire : l'apitoiement. Je n'y avais pas encore songé.

Lorsqu'on entre en relation avec des gens nouveaux, on peut leur donner de soi n'importe quelle idée : à partir du moment où ils ont décidé de vous accueillir, aucune bizarrerie ne les rebute. Pourtant on s'emploie à se faire voir sous le jour le plus conformiste, qu'on croit le plus acceptable, et je tâchai de présenter à Hélène et François tous les caractères propres à l'être humain : des goûts, des habitudes, des passions, de la faiblesse et quelque vertu.

Je venais presque tous les jours m'asseoir sur le couvre-lit d'Hélène pour lui confier que j'avais une existence. Comme j'ai peu de facilité pour les anecdotes, à vrai dire je ne dévoilais rien de palpitant. Je ne faisais que la promener à travers mes impressions du jour tandis qu'elle me caressait de ses yeux larges, sans rêve. Tout ce qui venait de moi la surprenait sans la choquer. Une telle libéralité me montait à la tête.

Je commençai en lui parlant d'art, de la condition des femmes, puis de la façon dont il faut se nourrir quand on est triste. Nous discutions de ces sujets l'un après l'autre, comme de thèses de philosophie, d'un point de vue historique puis dialectique.

Je m'étonnai de la clarté de son esprit qui lui faisait établir un ordre entre les notions les plus diverses : elle faisait place à tout, jusqu'à l'irrationnel et à l'absurde.

Toutefois, lorsqu'on prend l'irrationnel et l'absurde dans sa main pour les y retourner comme de jolis cailloux que l'on va ranger dans un casier, c'est, tout en ayant l'air de les considérer, leur ôter tout pouvoir.

De fait, je pouvais bien convenir avec Hélène qu'on ne vit rien sans passion, il m'était impossible de lui communiquer à quels actes la passion m'avait conduite. Fumant une cigarette, hochant gravement la tête à ses paroles, n'oubliant pas de consulter l'heure pour ne pas lui faire manquer ses rendez-vous, je pensais à ces journées que j'avais passées à plat ventre sur mon tapis, à bout de sanglots. Ces vérités n'ont pas cours dans les conversations et, un certain temps, je me livrai sans vergogne à ces opérations de masquage autant que de défoulement.

Je me posai comme une fille uniquement soucieuse de comprendre, répondant par le sarcasme aux emmêlements soudains des évidences, tandis qu'intérieurement je confrontai ce vigoureux personnage à la chair rouée de malheur que j'avais été.

Il me restait dès lors peu d'attention à prêter à Hélène et je lui savais gré de ne pas m'interrompre à contretemps et de recevoir sans trop de réserves mes affirmations. Enfin je contemplais sa peau claire, un peu vieillie, devenue toute expressive et plus consolante que ne l'auraient été des bras ou des mots tendres.

Cette période de confessions confuses et dissimulées passa. Je venais voir Hélène parce que je m'attachais au parfum des boiseries de son appartement, ou parce qu'elle me faisait boire une liqueur au citron. C'est du moins ce que je voulais croire. Je me refusais à m'avouer que c'était parce qu'elle me plaisait. Les femmes ne s'aiment pas entre elles, c'est bien connu. Et puis la curiosité m'était venue pour le personnage qu'elle pouvait être.

J'avais enregistré sans y prendre garde les réponses et les éclaircissements qu'elle m'avait octroyés. Les autres parlaient de réussite ou de révolte ; Hélène invoquait carrément le bonheur.

Je trouvai ce discours nouveau, en tout cas audacieux. De temps à autre elle étirait les bras et disait avec satisfaction : « Ah, que je me sens bien ! » Cette déclaration me suffoquait. Fallait-il y voir une pratique hygiénique, ou de la pose ? Or je ne croyais pas qu'elle prît la peine de jouer un rôle pour moi : j'étais certaine qu'elle ne s'abandonnait jamais. Cette perpétuelle retenue face à moi était à la fois flatteuse et agaçante.

Elle se coiffait, versait le thé, cherchait le mot précis à mon intention comme si j'avais été un académicien à honorer ou un nouvel amant à séduire. Ces raffinements finissaient par m'exaspérer et j'étais sur le point de briser un objet ou d'avouer quelque épouvantable méfait (bien qu'il fût difficile d'imaginer une action qu'Hélène n'eût pas su soupeser et classer), lorsqu'elle se tournait vers moi, l'air ravi : « Comme c'est doux d'être avec vous, Mathilde, je n'aurais jamais cru m'entendre avec une femme. Ou elles se déversent sur vous comme des poubelles, ou bien elles vous passent à la question, décidées à tout utiliser ensuite pour leur gloire. Avec vous, je n'ai pas à me protéger. »

Se méprenait-elle ? Quoi qu'il en soit, découvrir qu'on peut être un motif de jouissance pour autrui est la plus irrésistible des voluptés. Je fondais de plaisir, acquiesçais, renonçais à tout grief. Figée dans ma nouvelle dignité comme un jeune paroissien déguisé en Jésus pour la procession, je n'osais plus bouger.

Je me persuadais follement que c'était par mégarde, si je n'étais pas heureuse.

J'étais plus calme et ma détente n'échappait pas à Paul qui s'en attribuait le mérite. De fait, il s'était autorisé à me donner quelques conseils sur la meilleure façon de mener ma vie.

Je n'ai aucune prévention contre les avis, tout peut être utile, même les horoscopes. L'intolérable est le gonflement qui déforme brusquement les traits du conseiller. J'ai beau me raisonner, cela m'épouvante comme une maladie et je n'ai plus d'empire sur mes réactions. Espérant toutefois me contenir, je laissais Paul repousser sa chaise, allumer une cigarette et s'engager dans son discours.

À mesure qu'il m'indiquait de bonnes lectures, les personnes à voir, celles à écarter, l'endroit où nous devrions passer un week-end ensemble, je sentais mon visage se roidir.

Pour l'avertir, je formulais quelques remarques cinglantes, mais la causticité passe inaperçue, il n'y a que son outrance qui fait mouche. Quand Paul en venait au point où il me félicitait de m'être engagée, grâce à lui, sur la voie de la sagesse, j'éclatais.

Le plus souvent, je quittais abruptement les lieux. Il m'est ainsi arrivé de descendre d'un taxi en marche, de m'éclipser d'un restaurant, de prendre en pleine rue mes jambes à mon cou. « Mathilde ! » – le cri suffoqué de Paul m'accompagnait un instant.

J'accélérais ma fuite, les larmes ruisselant sur mes joues. Dans mon excitation, j'espérais une occasion de prendre à parti un inconnu, d'être conduite au commissariat, dans un hôpital, à la merci de mains attentives et rudes. J'aspirais à me fondre dans une foule qui aurait besoin de mes services comme moi des siens, anonymement.

Puis la fatigue m'arrêtait sur un banc, dans un café où je demeurais prostrée. Je me mettais à jouer vaguement avec le désir de surgir chez Guillaume, de m'abattre contre lui. Mais je savais que c'était inutile, quel pesant silence allait m'accabler en sa présence, et que ce serait chuter plus bas encore.

À la fin, je rentrais chez moi, à pied pour ne pas avoir à parler avec un chauffeur de taxi, un employé d'autobus. Là, j'avalais une forte dose de somnifère, méprisant le reste de prudence qui me retenait d'en prendre trop : c'est un des plus accablants côtés de la douleur que ce doute qu'elle conçoit d'elle-même lorsqu'elle se refuse au suicide.

Le lendemain, je téléphonais à Paul. J'invoquais mon instabilité, l'inquiétude de ma nature que je contrôlais si mal et dont il aurait grand tort de se formaliser.

Paul n'en attendait pas davantage pour se hâter d'oublier mon éclat. Il suffit que quelqu'un motive son comportement par la pathologie pour qu'instantanément on se sente hors de cause et ne songe qu'à entretenir la conversation, feignant de ne rien remarquer, comme il est d'usage tandis que crache un tuberculeux.

Il arrivait les bras chargés de fleurs. Je tâtais leurs pétales doux et vigoureux et il me semblait que j'étais loin de les valoir. Nos caresses alors étaient supportables, elles avaient encore le goût des larmes.

Guillaume et moi sortions le soir. Nous fréquentions les bords de la Seine et les foires. Bons endroits pour ne rien se dire. Il est arrivé chez moi les cheveux sur le front. J'étais gaie, c'est une manière de vivre vite : « Venez », lui dis-je sans le laisser entrer.

Je sus que l'air était tiède parce que j'avais envie de course, de hasard. Je ne le regardais pas, je lui racontai pêle-mêle ce qui, de ces derniers jours, était avouable. Des disques, un animal en peluche ou quelque important personnage rencontré à un dîner, avec lequel on aurait pu être insolent. François Mauriac, par exemple. Mes mots n'hésitaient pas ; lui m'interrogeait un peu, j'avais confiance.

Soudain, la fêlure.

Peut-être lui ai-je dit machinalement : « Prenez à droite », ou le contraire. Il a dû me répondre : « Par là, c'est déplaisant » ou « Cette voiture ne tourne que dans un seul sens ». Il pouvait aussi ne rien dire et faire obliquer le véhicule.

C'était contre moi.

Instantanément, je percevais son hostilité. C'était peut-être un jeu, une façon féline de m'éprouver ; j'y voyais une condamnation. Ensuite je ne savais plus quoi faire de mes mains, de mon corps. Je me découvrais bête, non désirée. Ou alors montait la rage. En fait, elle venait plus tard, quand je m'étais épuisée à l'apaiser par des soumissions répétées, des appâtements.

Ce soir-là, je n'essayai rien. Il se trouvait que j'étais à bout d'invention. Dans ma tête je retournai l'échec que nous représentions et le fait que je ne souhaitais pourtant rien d'autre que me trouver dans cette voiture.

Si, peut-être : qu'elle versât.

Il l'arrêta boulevard de Clichy. « Où allons-nous ? » dis-je dans un ultime espoir de conciliation. Il ne répondit pas. Toutefois, l'affaire était enclenchée. Il descendit, m'ouvrit la portière, je le suivis. Il nous entraîna vers les stands forains. « Tirez, idiote ! » Je tirai, ni bien ni mal. Il me battit aisément. Il semblait enchanté. Une sorte d'illumination le portait. Il me fit essayer les jeux offerts. À tous il lutta contre moi avec passion. Blessée, je me défendis. Aux boules je pris l'avantage, qu'il regagna au jeu de massacre. Dans les voitures électrique il m'emmena avec lui et exécuta des acrobaties insensées. Les voisins s'apprêtaient à se fâcher. Il n'arrêta que parce que je me gardai bien de l'en prier, autrement il eût poursuivi toute la nuit. J'avais de la rage, mais aussi de la pitié. Pourquoi s'acharnait-il, puisque je ne résistais pas ?

Au stand des poids il expédia le wagonnet à son but. La sonnette tinta. Il recommença l'exploit, à l'intérêt des badauds. La toile des tentes claquait, la lumière jaune, les grinçantes musiques et ce garçon trop fort m'émouvaient. J'étais sûre que c'était lugubre, sans pouvoir définir pourquoi. J'aurais voulu l'entraîner loin, mais j'avais appris à ne pas exprimer mes désirs.

Pour le faire changer d'avis, il fallait détourner son attention. Je reculai de quelques pas, vers une zone plus obscure, et m'approchai d'une loterie ; je plaçai des jetons sur des numéros, la roue tourna. Soudain, l'on m'arracha un jeton que j'allais poser : « Vous vous trompez toujours », dit Guillaume. Il le mit sur un autre numéro, qui sortit. Il sourit pour lui seul, sans ramasser son gain, puis partit devant moi. Je le suivis. Il contourna des baraques, le public habituel de militaires, d'enfants et de filles permanentées. Il y avait aussi des gens qui avaient notre aspect, des gens d'ailleurs. Mais Guillaume semblait plus étranger que personne.

Tout à coup, nous nous retrouvâmes face à la voiture. « Laissez-moi conduire », lui dis-je. « Sûrement pas ! » C'est pesant de ne rien avoir à faire. Devant chez moi, voiture arrêtée, moteur en marche, il sembla attendre.

Existait-il un phrase à prononcer, une attitude à prendre ? Laquelle ? On n'invente pas la grâce. Tout geste de ma part pouvait paraître naïf, ou obscène. « Allez donc vous coucher, me dit-il, vous avez vu assez de choses. Cela n'est pas bon pour vous. »

Je le quittai, soulagée d'être certaine du malheur, je le tenais serré contre moi.

De temps à autre, François faisait irruption. Il sortait de quelque conférence, ou bien désirait travailler à un rapport auprès d'Hélène. Son arrivée provoquait chaque fois le même imperceptible silence où nous supputions probablement le risque de nous déranger les uns les autres.

En fait, c'était moi l'intruse, mais je savais que de tels interlocuteurs ont besoin d'un intermédiaire pour s'approcher. J'étais ce lien entre eux. François commençait par dire qu'il allait se retirer, puisque j'étais là, craignant de me casser la tête. Hélène protestait qu'on pouvait m'intéresser à tout ce qui était clairement pensé, la preuve en étant la conversation qu'elle venait d'avoir avec moi et dont elle lui communiquait les thèmes principaux.

François s'empressait de les reprendre pour, selon sa fantaisie, les développer dans le sens qu'avait indiqué Hélène, ou à l'inverse. Suivant le cas, il honorait sa pénétration ou lui reprochait d'être une théoricienne coupée de la réalité. Qu'elle objectât, et il rétorquait par des exemples éblouissants, multiples, certainement inventés dans l'instant, et il me prenait à témoin de l'irrégularité du cerveau féminin : « Voilà la plus intelligente des femmes qui déraisonne comme un pion ! »

Tout en me prévenant du regard qu'elle n'était pas dupe de ce jeu, Hélène s'échauffait. Leur escrime m'amusait, mais aussi m'inquiétait par l'inconsciente hostilité qu'elle trahissait. Je songeais qu'on a toujours tort d'accepter les règles du dire de l'autre : ensuite l'esquive est impossible.

Pour mon compte, s'il m'entreprenait, je laissais tranquillement François marquer des points sans paraître attacher d'importance à l'enjeu de nos discussions. Le plus souvent, il les terminait par quelque jugement excédé : « Vous êtes une sauvage, vous vivez dans l'absurde ! »

Indignée de le voir m'attaquer, Hélène s'interposait par une exclamation. Je me contentais de sourire comme si je trouvais pleines de sens les conclusions auxquelles cet homme parvenait, mais sans les accepter pour définitives. Mon indifférence n'était pas contrefaite ; longtemps j'avais souffert d'être méconnue, aujourd'hui j'y prenais plaisir. Il y a des câlineries dans le désespoir.

Lorsque nous étions seules, Hélène ne me touchait jamais. En la présence de François, il lui arrivait de m'attirer contre elle, de me lisser les cheveux, d'allonger ma main sur ses genoux. « Vous qui aimez les filles interminables, mon cher, en voici une qui devrait vous plaire, n'est-il pas vrai ? »

François grognait, profitait de la question pour remarquer que j'avais les yeux d'une couleur malsaine, et qu'il ne comprenait pas qu'on se mît du rouge aux ongles. Hélène me défendait contre ces attaques, m'appuyait contre sa poitrine avec un rond de bras maternel. Je fermais les yeux, écoutant l'écho de sa voix vibrer sous mes côtes. Les paroles s'espaçaient, une intimité s'établissait entre eux, par-dessus moi, et je me sentais m'enfoncer dans le monde de l'enfance où l'on n'attend de vous que votre présence.

Peut-être était-ce cela que Guillaume avait vainement espéré de moi : une vie qui se laisse contempler. Non pas interrompre et encore moins troubler.

Du fait qu'on joue un personnage, on s'imagine ne tenir qu'un rôle dans la vie d'autrui et je n'envisageais pas de représenter pour Hélène autre chose qu'une distraction.

Je l'avais observée s'occupant à extraire de succulentes sèves de ceux qui lui tombaient sous la main ; moi aussi je m'étais livrée, consentante, à son pouvoir d'absorption.

Qu'avais-je à préserver ? Elle s'amusait à corriger ma coiffure, à m'inculquer des préceptes de conduite. J'aurais cru me porter trop de complaisance si j'avais confessé l'inutilité de semblables soins, et c'est sans qu'elle se rendît compte de mon détachement que je la laissais aménager à son gré mon avenir.

Tandis qu'elle parlait, je me plaisais au contraste de son large front sérieux et de ses yeux clairs où j'étais probablement la seule à distinguer une nuance d'effroi.

« Si vous ne vous mettiez pas brusquement à grincer comme une scie à métaux, Mathilde, vous seriez la séduction même. Mais on dirait que vous tenez à rompre le charme. »

Je joignais des mains coupables, trouvant l'occasion bonne pour frotter ma joue contre les plis de sa jupe. Serrée dans son odeur, humant son parfum, je jugeais qu'on avait assez parlé de moi et l'interrogeais sur sa vie.

Elle la contait simplement, ne cherchant pas à produire d'effets, mais à analyser. C'était moi qui rajoutais du sentiment à ses descriptions sèches d'être autant rigoureuses. J'en déduisais qu'à telle époque elle avait dû sangloter la nuit et qu'à d'autres elle avait atteint la sérénité.

Contrainte de les recréer à partir du peu qui m'était dit, je finis par prendre possession des événements de son passé et à les substituer à mes propres souvenirs. Je les remâchais lorsque je me retrouvais seule. Ainsi je connaissais par cœur les sombres couloirs de la maison de son enfance et je vouais un culte à son premier mari, un grand garçon ironique, mort très jeune.

Hélène mit longtemps à me parler de François. Peut-être parce qu'elle y voyait une demi-trahison.

Mais je m'étais faite si moelleuse, j'absorbais avec tant de douceur ses paroles qu'elle y vint sans y prendre garde. Par touches, d'abord. Elle fit allusion à l'habileté qu'apporte l'âge, aux relations souples qu'on parvient alors à établir avec l'autre. Bientôt elle m'en parla nommément.

C'est ainsi que François prit pour moi de la substance. Cet homme dont l'abord aride me déconcertait me devint familier. Je décelais ses ambitions, les motifs de ses actes. J'appris à reconnaître les signes de ses tourments ou de sa joie. Désormais, quand il survenait, je savais interpréter la moindre expression de son visage. À travers les détours de ses phrases, je pouvais suivre ses thèmes de pensée favoris.

Mon attitude envers lui changea inévitablement : je ne m'offensais plus de ses réflexions dès lors que j'en connaissais les raisons profondes, et je lui posais des pièges pour vérifier la justesse de mes hypothèses.

C'est ainsi que je me mis à accorder mes mouvements aux siens.

Hélène s'enchanta du développement subit de notre entente. Il ne lui était plus nécessaire de s'interposer sans cesse entre nous pour éviter les frictions. De plus, quand nous étions toutes deux,

63

elle pouvait m'entretenir librement de leurs rapports. Je comprenais à demi-mot les sujets de leur discorde ou de leur union. Je l'aidais à supporter les mésententes, tantôt en convenant avec elle des côtés ingrats du caractère de François, tantôt en le soutenant.

Et c'était lorsque je le défendais qu'elle s'apaisait le plus vite. Elle m'était reconnaissante d'apprécier François.

Nous en vînmes à cette étrangeté : alors que je n'avais jamais été seule avec cet homme, il m'était aussi familier qu'un amant.

Chez Hélène, je me sentais contrainte à un certain maintien et à quelques convictions. J'avais des opinions sur la façon de préparer la salade et sur les agissements du parti républicain. Dès que j'avais franchi la porte cochère et que je me retrouvais seule dans la rue, je m'y diluais. C'était automatique : à l'instant où je touchais la poignée de la porte, un motif en cuivre vert-de-grisé, l'angoisse me serrait le cœur et je fermais les yeux.

J'appréhendais ce choc ainsi qu'on s'attend au souffle du large à certain tournant d'une route qui longe la côte. Je soupirais, me rudoyais, je ne pouvais empêcher mon dos de se voûter comme si je marchais sous la tempête. Tandis que je regagnais mon domicile, des lambeaux de ma propre vie me revenaient en mémoire et je m'étonnais que le souvenir se différenciât si peu du néant.

Pourtant, ces nuits que j'avais passées auprès de Guillaume, éveillé et silencieux, j'avais fait en sorte de me les intégrer. J'avais touché les draps, contemplé les moindres rais de lumière sur le plafond, afin que ces preuves, ces témoins matériels de ce qui avait lieu fissent à jamais partie de mon être.

Plus tard, je me retrouvais dans cette même chambre face aux mêmes objets, je me penchais sur la rue où grinçaient les pneus des voitures nocturnes, et je constatais qu'il ne restait rien du passé. La même fenêtre au loin restait allumée toute la nuit par-dessus les toits, et je me posais les mêmes questions sans réponse. Cela seul demeurait.

Je retournais vers mon lit et, la tête entre mes bras, je cherchais à comprendre. Guillaume ne m'avait jamais dit qu'il m'aimait. Nous nous étions promenés des soirs durant, à pied, dans sa voiture, la plupart du temps muets. Et toute la tendresse que je ne lui avais pas manifestée, l'intérêt qu'il ne m'avait pas laissée lui prouver, je les avais accordés aux choses de la ville, aux passants, aux arbres, aux entrées des hôtels équivoques, des restaurants, des cinémas. C'est pourquoi, désormais, tout me semblait empoisonné.

La faute m'en incombait. Lui n'y était pour rien. Sans doute eût-il ricané si je lui avais fait part de l'avidité heureuse avec laquelle j'absorbais le monde en sa compagnie, alors que j'en étais incapable seule. Sous son apparent détachement, lui aussi, me semblait-il, s'ouvrait, et c'est dans cet abandon au réel que, secrètement, nous nous retrouvions.

Pourtant, j'ignorais dans quelle disposition il acceptait ma présence. Le plus souvent, il s'occupait savamment à me blesser. Ainsi lorsque je me permettais d'exprimer du plaisir ou de l'intérêt, il stigmatisait ce qu'il qualifiait de mauvais goût en trois mots d'une ironie effroyable. Pour me sauver, il eût fallu le plaquer là.

Mais je regardais son visage d'enfant solitaire et malheureux et je me persuadais qu'il était lâche de ne pas supporter les effets de son inaptitude au bonheur.

Ainsi je lui donnais l'habitude de ma complaisance tout en m'attachant à sa révolte. Peu à peu, le silence devint si bien le compagnon de nos rencontres qu'il m'eût paru déplacé de le rompre.

De ce train nous n'allions nulle part.

Chaque fois que je pénétrais dans l'appartement d'Hélène, je me contractais. Je savais
qu'elle se lèverait, poudrée, impeccablement soi-
gnée, et que tout en s'approchant de moi elle
me dévisagerait sans merci. Non qu'il y eût de
l'agressivité dans cet examen ; venant d'elle, il
fallait plutôt y voir un bel indice de tendresse. Le
tour de mon personnage accompli, elle ne criti-
querait pas ; au contraire, elle trouverait du pitto-
resque à mes défauts ou une faiblesse qui me
rendrait plus exquise. « Ces cheveux mal tirés, un
journal en vrac dans son sac, l'air traqué, la voilà
bien, avec le duvet emmêlé comme un chaton.
Qu'il est drôle d'avoir à la lisser ! » Je lui prêtais
ce genre de remarques ; peut-être en faisait-elle
d'autres, moins clémentes. Toujours est-il que je

me sentais rectifiée, appréciable, et que j'aurais juré que le plus mauvais côté de la condition humaine est bien de présenter une apparence.

Moi, je fermais les yeux sur elle. Je ne voulais pas savoir si elle était suave ou fatiguée, ni quelle robe elle avait. Tout ce qui était jugement me paraissait un affront, et j'eusse passionnément souhaité me précipiter à l'aveugle, enfouir ma tête contre son cou et la retrouver ainsi. Mais ces excès sont mal portés – ou pourraient l'être. En fait, on ne s'y livre jamais, on préfère souffrir, c'est si facile et j'étais résignée à cette cruelle minute.

C'est pourquoi, ce jour-là, je m'étonnai de ne pas me heurter à son regard. Seul son sourire était présent, comme le geste de sa main pour m'accueillir. Ce relâchement m'intrigua, et j'en profitai mal. Certains font bon ménage avec l'incohérence ; en la compagnie des autres ils mettent leur perversité à faire passer pour de l'harmonie leur dislocation intérieure. Jeux indécelables où s'émoussent les aigreurs secrètes. Mais Hélène fondait sa force sur l'ordre. Qu'elle se fût mal exprimée, donnant lieu à malentendu, ou qu'il demeurât en elle quelque irrésolution, et elle était désemparée. Une fissure dans ce bel édifice menaçait vite sa puissance. Soupirante, elle tirait machinalement les poils du couvre-pied de fourrure. Entre nous les confidences n'avaient pas cours : fausse monnaie de l'intimité. Leur trébuchement couvre le reste. Je me fusse méprisée de les provoquer. Mais prétendre qu'il ne se passe rien manque aussi de dignité : c'est étaler grossièrement son appétit pour la comédie.

Je me tus.

Le soleil se retirait lentement du tapis. Au loin des bruits, la rue, la terre. L'immobilité a cela de bien qu'elle s'engendre elle-même.

C'est alors qu'elle me raconta les choses, comme une histoire. Quelqu'un d'autre serait parti du mauvais bout, aurait commencé par la fin : « Je me suis querellée avec François » ! Mais Hélène n'était pas de cette sorte : elle ignorait qu'on peut mettre au fait d'un seul coup, d'un seul mot. Hélène était une scientifique et, avant de passer aux effets, elle commençait par vous énoncer les causes.

Longtemps auparavant, me dit-elle, elle avait rencontré François.

Le passé des autres, quelle merveilleuse affaire, sans effilochages, sans bavures ! En imagination je voyais cette nuit d'hiver glacée où ils avaient mutuellement décidé de se prendre. Consentement soudain de l'amour. On se tient la main au coin du feu, sur un divan, et chacun fixe un point de l'espace. Apparemment oublieux l'un de l'autre, on écoute les choses s'ordonner à l'intérieur de soi. Petits détails d'horaires à rectifier, de rendez-vous à modifier, de pensées aussi – immense soulagement que tout devienne juste et nécessaire. Personne n'est plus calculateur que deux êtres qui entreprennent de s'aimer, les voici qui se mettent à décompter ce qu'il leur faudra passer par profits et pertes, ce qu'ils ont en revanche à gagner à cet amour-là, ce qu'il va falloir lâcher...

Mais il suffit que l'un perçoive un pli au front de l'autre et c'est l'inquiétude : va-t-on le perdre ? Aussitôt on se jette à son cou, on resserre son étreinte, toute réserve balayée, on ne veut plus qu'être à lui pour qu'il soit à soi.

Je pensais à ces vérités qui s'imposent d'elles-mêmes au début d'une liaison, en même temps que je voyais la tête de François sur les genoux d'Hélène. Et l'étonnement d'Hélène à toucher ces sourcils, ces joues plates, à appuyer sur ces paupières closes.

À l'époque, elle devait avoir de longs cheveux, sans doute un trouble qu'elle masquait sous des gestes nets, tranchés. Quand François lui avait ceint la taille de ses deux bras, elle avait dû lui saisir brusquement les poignets comme pour dénouer ses mains – ou les croiser plus fort, qui sait ?

Aujourd'hui, au moment de l'amour, tous deux prenaient le temps de choisir leur couche et de s'installer commodément, alors que cette première fois il l'avait jetée sur le lit, sur un divan, enveloppant de brusquerie ce qui aurait pu sembler gauche. Ils étaient si déterminés au bonheur qu'il fallait en faire état, fût-ce par la brutalité.

Ces images de leurs bouches, de leurs corps emmêlés par le désir surgissaient en moi comme si je les avais toujours connues, les mots d'Hélène ne faisant que déchirer le voile qui me les dissimulait.

Leurs années suivantes, je les devinai avant qu'elle n'en parle. On dit s'installer dans le bonheur, rien n'est plus faux : on explore. On marche le plus loin possible et lorsqu'on s'aperçoit qu'on ne saurait continuer sans sortir du domaine de l'amour, on rebrousse chemin. On s'occupe alors à des inventaires, des évocations du passé : les maîtresses qu'il a eues..., comment il parlait à sa mère..., on démultiplie l'avenir : si nous avions cinq enfants, ou aucun... si nous nous trompions...

Avais-je vécu cela, moi aussi ? Certainement avec Antoine, mon mari d'autrefois. Pourtant, ce n'est pas mon autrefois avec Antoine qui m'habite, c'est le leur. Cette sorte de mépris, d'aridité, que j'imaginais en François face à la moiteur accueillante d'Hélène. Son pas attendu dans la rue, leurs soirées passées à commenter intelligemment l'intelligence. Au contraire, Antoine et moi avons peu parlé. À cela je ne veux d'ailleurs pas penser. Il est bien connu que ma vie manque de sens. Il y a des existences, comme ça, qui n'arrivent pas à prendre forme. Aucune importance !

Hélène me regarde plus fixement que tout à l'heure. C'est que je suis différente : elle a fait de moi un miroir. L'intensité qu'elle met à s'y chercher me fait peur. Je ne voudrais pas la trahir, mais refléter fidèlement ce qu'elle m'a confié. Les choses qu'elle m'a dites se poseraient doucement sur moi comme des plumes sur une table nue, pour repartir vers elle, inaltérées.

En fait, elles s'enfoncent dans mon cœur qui les absorbe d'un coup comme des sables mouvants gobent leurs victimes. J'espère qu'elle ne se rend pas compte que j'ai beau ouvrir des yeux inexpressifs, simuler de l'intérêt et même quelque ignorance pour ce qu'elle va me dire désormais, en souhaitant qu'elle ne s'aperçoive de rien, la suite, je l'ai parfaitement devinée, je la sais déjà.

« Vous comprenez, Mathilde, François ne tolère pas que je me dégage du moindre de ses actes. Ainsi cet Ashar ou Amar qu'il voulait que j'invite à déjeuner ; l'ennui que cela me procure ne vaut pas le plaisir qu'il gagne à le voir ici plutôt qu'au restaurant. Or, quand j'ai refusé, il est parti en claquant la porte. »

François, en fait, se moque éperdument de l'endroit où il recevra : c'est d'être refoulé qui l'irrite. Je l'imagine mâchant des cigarettes à son bureau.

Je connais bien l'odeur de l'amertume. On est prêt à se charger des torts, à tout concéder – à condition qu'on vous en prie. Qu'il soit manifesté qu'on souhaite, hors de ces querelles, votre existence. Or cet empressement ne vient jamais. Alors on s'obstine à pardonner quand même, pour se prouver qu'on a de l'âme. C'est ainsi qu'on s'empoisonne. Des souvenirs remontent, embrumés. Voilà l'inconvénient de continuer à vivre : des paysages différents se superposent et mutuellement s'anéantissent.

Sans doute ai-je oublié que j'écoutais. Hélène l'a découvert. Soudain je suis sans protection. Pour marquer qu'elle connaît ma perfidie, elle me prend par les cheveux, me roule sur le dos : « Pourquoi te raconter ça ? Cela te fatigue et, du reste, tu n'y comprends rien. Tu ne suis que tes envies, toi ! » Elle me fixe. Pour me séduire ou bien casser le miroir ?

Le passage du Nord au Midi m'éprouve à chaque fois. Les feuilles molles et ombreuses des terrains frais se dressent soudain en épines et doigts coriaces. Érection des pins, de l'herbe brûlée, et même de la lumière qui tombe drue. Le paysage me bouscule, me pince la peau, me ploie jusqu'à me plaquer à son sol pour que j'y suce ses plantes à odeur.

Une fois, j'avais rencontré Guillaume en ces lieux. Il s'y trouvait par hasard, seul, manifestement sur le point de repartir. Les quelques sorties auxquelles il m'avait conviée à Paris ne m'autorisaient à rien. Soudain je me souvins de nos promenades dans les rues creuses, de ses bras ballant le long de son corps. J'eus envie de le voir pour une fois hors des contraintes. J'aspirai l'air frotté de sel, touchai des objets chauds et rugueux, rochers, plantes grasses, afin de me donner du courage, et l'entraînai par la main. Je le fis marcher le long de l'eau qui se retire au contact, comme une huître bien apprise. On dévala des pans de sable et d'arbustes pour s'arrêter au confluent de la terre, du ciel et de la mer. Il me suivait, un peu lent, silencieux. Pour tout bruit, celui des plantes que l'on froisse et du soleil qui s'appesantit, égalise. Endroit pour aimer sans honte. Ou pour dormir. Je m'étais assise, ramassée, une tige entre les doigts, ayant tout exprimé par ce décor. À cet homme désormais de prendre – ou de refuser. Par en dessous, j'examinais son corps robuste en partie dénudé, posé là de façon abrupte. Moi j'épousais le sol de la hanche, du coude, je le balayais des mèches de mes cheveux. J'avais à l'égard de mon corps des gestes tendres qui m'avaient jusque-là échappé : un coup de langue à mon bras pour y lécher le sel, poser ma joue contre une écorce, arrondir mes paumes sur les renflements de la terre.

Lui, cueillait du bout des doigts un caillou, une brindille, et, par ce mouvement, détachait la chose de son milieu ; dans sa main ce morceau de terre se trouvait plus éloigné de son origine que s'il était dans un laboratoire, une éprouvette ou sous un microscope. Il l'examinait d'un œil que je crus d'abord curieux et amical, mais qui m'apparut peu à peu empli d'effroi. Cet air distant, douloureux, que j'avais pris à Paris pour du mépris, je compris soudain que c'était de la crainte.

Cette découverte me stupéfia. Je me redressai, prête à lui en faire part. Ses yeux se posèrent alors sur moi et j'y reconnus la même appréhension ironique qu'il portait aux choses alentour. Moi aussi je l'embarrassais. Déceler sa maladresse m'inonda le cœur de douceur. Il fallait réconcilier ce garçon avec tout, au moins en prendre le risque. Sans plus réfléchir, dents serrées, je posai mes mains sur ses épaules, partie humble, la plus rassurante d'un corps. Il baissa les yeux, ses lèvres prononcèrent un mot imperceptible. J'approchai les miennes. Bouche nette, sans frémissement. Il me sembla qu'il n'allait pas réagir et qu'il me faudrait me détacher de lui et laisser ce geste rouler dans le temps, sans prolongement ni usage.

À l'instant où je commençais à me reculer, d'une secousse de son torse il me renversa. Ses yeux sur les miens avaient encore la même expression d'amusement inquiet, presque méchant.

Il fallait lui montrer que le monde était plein de bravoure, et tendre.

Il resta avec moi quelque temps, des jours comme des grains de raisin, translucides et serrés sous une peau lisse. Nous échangeâmes peu de mots. Lui poser des questions, exiger des réponses n'entrait pas dans mes vues. Lorsqu'il aurait constaté que le monde n'était ni hostile ni encombrant, peut-être lui viendrait-il le désir de le contempler, de l'apprendre au point de l'aimer. Mais ces choses-là, je ne me les disais pas.

Nous jouâmes avec les arbres, les étoiles. Je m'appliquais à regarder le décor avec son œil, et c'était tout drôle, comme le paysage d'une planète nouvelle. Qui étaient ces longs êtres sombres, des arbres ? Et cet animal gras et palpitant, la mer ? Je décelais des menaces dans la silhouette des pierres, autrefois si familières. Devait-on s'aventurer à travers ces grands espaces de sable ? Qu'allait-il surgir de cette nudité, quelle agression invisible et inconcevable ? Cette odeur brusque, fallait-il l'apprécier ou la détester de tout son corps d'être inévitable ?

Moi aussi je devenais étrangère sur la terre et la foulais avec perplexité. J'épiais en moi les symptômes de la nausée ou du plaisir. Peut-être était-ce par bêtise, par grossièreté que j'avais aimé ces choses comme d'autres se vautrent dans la vulgarité et le clinquant ? Peut-être fallait-il se refuser à l'étreinte du vent, de l'eau, de toute cette matérialité. Peut-être fallait-il fuir au plus profond de soi l'haïssable matière ?

Marchant le long des plages, étendus sur des pierres, nous parlions de moins en moins. Je levais les yeux vers lui. Il cueillait un coquillage, une branche de mimosa, et les observait sous tous les angles comme il aurait fait d'un objet manufacturé, cherchant l'idée, le sens qui avait présidé à leur fabrication. « C'est laid », disait-il, comme de rideaux à ramages ou d'une potiche de Sèvres. Et moi j'écarquillais les yeux, incapable de me souvenir de ce qui distingue la hideur de la beauté, entraînée à la dérive loin de moi-même.

Parfois je retrouvais à l'improviste mes habitudes, plongeais avidement dans la mer, m'ébrouais dans le vent. Guillaume me suivait des yeux, ne disait rien. Et, le souffle brusquement coupé, je me demandais si je n'étais pas aussi ridicule et bête que ces personnes qui font salon, un doigt levé, ou qui posent avec les accessoires de l'illusionniste. Je me laissais tomber près de lui, hors de sa vue, malheureuse de mon corps.

La nuit, à l'abri dans ses plis, je retrouvais de l'aisance. Avec la gentillesse courtoise des jeunes princes qui vont succomber au combat, je m'approchais de Guillaume avec le même serrement au ventre et l'impression d'inexorable devoir. Je prenais sa tête, ses mains, je le contraignais à l'amour. Il me fallait toute ma volonté à la fois pour éviter de considérer le rôle insolite que j'avais choisi – ce qui m'eût confondue et réduite à me sauver – et pour ne pas me laisser gagner par la joie de ces instants-là. C'eût été néfaste aussi bien pour ce que je voulais faire de lui que parce qu'il ne fallait pas cesser d'envisager qu'il allait me quitter.

Entre l'envie de m'enfuir et celle de m'abandonner, obligée de repousser l'une comme l'autre, je respirais avec peine – tendue tels ces dessins de ficelle que tissent les enfants entre leurs doigts écartés.

La fatigue m'envahit. C'est du moins ainsi que je tente d'expliquer l'insolite douceur qui me vient au souvenir de ce séjour avec Guillaume. En vérité, chaque instant m'en fut détestable, comme si la peau de mon corps collait à un monde chauffé à blanc. Pendant ce temps, j'avais l'esprit ailleurs. Non où l'on croit : nullement à ruminer des répliques ou de vengeresses cavalcades. Non, j'évoluais dans un milieu blanc, un peu tournoyant. Mais dans une langueur si inoffensive, si peu semblable à leur coutumier acharnement contre moi, que j'en avais des rires.

Rêves, convulsions dont ne frémissait même pas ma gorge, bulles d'une pâte en ferment qui, au lieu de crever, ébauchent des cratères.

Quelles saccades que mon indignation d'alors : l'écume à la bouche, je me noyais dans mes draps, mes doigts frémissaient sur les objets : poignées de portes, verres, cailloux... Devant tout spectacle, je me détournais pour ravaler mes larmes.

À présent ces déchaînements me paraissent aussi frêles que les coups de reins d'un agneau. Un halo de bonne volonté embue le souvenir de ces jours que je croyais torrides, et me rend frais comme des poussins ces instants où j'aurais pu plonger mes mains dans un sang vermeil sans cesser d'être respectueuse.

La petite figure plate de Paul réapparaît en contraste en même temps que le fol désir que j'avais de la lui arracher comme un masque – et le tout m'émeut.

Une fois, je vis une pièce à un seul acteur, et le sourire de l'acteur m'agaça la mémoire jusqu'à ce que je l'eusse apparenté à celui de Paul. Sourire de rage retenue, vilaine crispation des désirs, cela me remua comme une gentillesse : qu'il était charmant, ce pauvre garçon, d'être colère, pétri de violence et d'attente !

Cependant, il est trop tôt pour me délester du passé. Laissons-le se glacer lentement, se sucrer d'une couche d'irrémédiable. Quand il sera bien entendu que plus rien n'est possible, nous croquerons ces heures finies pour mourir empoisonnée par elles.

C'est moi qui ai la charge de François. Il n'a pas remis les pieds chez Hélène depuis leur dernière querelle et nous nous doutons bien qu'il est triste. « Emmène-le au cinéma », m'a-t-elle commandé. Il me reçoit avec cérémonie pour me faire savoir que je ne suis ni une infirmière, ni une gouvernante. Tout juste une ambassadrice. Je me soumets au protocole. Je reconnais tant qu'on veut que c'est moi qui suis celle à distraire, et non lui. Je parlemente pour le choix d'un film, émet des préférences quant aux restaurants. François monologue. Je soupçonne qu'il va m'instruire de sa vie. Pour l'instant, il me révèle qu'il a des goûts, des répugnances. Qu'il y tient. À partir d'un certain âge, les hommes veulent se persuader que tout en eux est le résultat d'un choix.

Je l'écoute juger de sa famille, de son métier, des guerres qu'il a menées. Faudrait-il que j'approuve explicitement ? n'est-il pas meilleur de ne dire oui que de temps à autre ? Je me fais souple et me laisse pousser de l'avant par ses phrases. C'est un jeu que je connais bien, comme de s'accorder à un corps sur une piste de danse ; je sais suivre un esprit dans ses plus infimes nuances, prévenir ses arrêts, le forcer à se rendre au bout d'une pensée.

Rien à craindre, avec François : jamais il ne s'arrête au milieu d'une phrase pour vous questionner à bout portant sur vous-même. J'appréhendais pourtant une estocade de sa part : « À propos, Mathilde, que fichez-vous avec moi ? » Mais cela ne se produit pas et je finis par m'abandonner en confiance : François n'est qu'à lui-même.

Cela me donne le loisir de regarder ses mains. Il ignore qu'elles sont tendres. Il s'imagine avoir des mains viriles, un rien ecclésiastiques. Alors qu'elles se posent ici et là comme des pattes de petit garçon qui n'ont jamais été vraiment propres.

Ses yeux aussi, une fois qu'on s'est habitué à leur ligne oblique, deviennent inoffensifs, doucement suppliants. Il faudrait les obliger à se clore et embrasser tout un jour, lentement, leurs paupières et leurs cils. Les déplisser du bout des lèvres. Mais personne n'a jamais de temps pour ces choses-là.

« Je vais vous raccompagner, ma chère, il est tard. »

Il est souvent tard, je l'ai déjà remarqué. Il suffit d'ailleurs de le dire pour qu'on se sente rejetés loin les uns des autres. Survient une maussaderie. J'imite très bien l'air distant, quand on me ramène chez moi, si désespérément en allée que mes accompagnateurs se découvrent au bord des larmes.

C'est ce qui se produit dans le regard de François lorsque je le quitte à ma porte : un léger effarement. Probablement parce qu'il est tard.

Il y a des mains qu'on ne remarque pas, elles font partie d'un geste. Celles de François je les ai vues se poser sur tout : les choses, les meubles, les corps, tout est prétexte à leurs évolutions. Ce n'est pas moi qui eus l'idée de ce week-end. Ou peut-être si. C'est l'inconvénient de ma fabuleuse imagination : j'ai toujours l'esprit à tout. En pensée j'ai vécu toutes les combinaisons et tous les accidents possibles. Quand ils surviennent, ils me semblent à chaque fois provoqués par mes secrètes évocations. Pour dissimuler ma part de responsabilité, je cherche l'attitude qui conviendrait à l'innocence, et voilà sans doute comment je fausse le destin.

Lorsque François me demanda : « Que faites-vous, samedi ? Il faudrait sortir de cette ville.

J'ai de la poussière plein la tête », j'avais rêvé qu'il me parle ainsi. Sinon, j'aurais répondu brutalement : « Ces tête-à-tête campagnards manquent de sens. Où irions-nous ? », ou toute autre phrase bien conventionnelle qui vient spontanément aux lèvres honnêtes. Pour feindre de n'avoir pas trace d'une arrière-pensée, je ne trouvai rien de mieux que d'approuver : « Quelle bonne idée : l'herbe et des débris de nuages dans le ciel... » François me quitta, content de cette impavidité que j'accentuais à l'excès. Nous avions rendez-vous pour le lendemain et je montrais la froideur d'un ange.

Mais je n'aime pas tromper. Trahir, peut-être. Traîtrise : voilà un beau mot plein de courage et de douleur. Il me fallait l'approbation d'Hélène – ou faire ce que je pouvais pour que rien d'imprécis n'advienne. Je courus chez elle. Elle écrivait et referma ses cahiers sans véritablement revenir jusqu'à moi.

« François m'emmène deux jours à la campagne. Qu'en penses-tu ? »

Au moment où je prononçais ces mots, je compris qu'Hélène n'allait pas désapprouver, et que je l'avais su. Elle n'était pas de la race qui s'arroge des droits. C'eût été à moi de veiller sur eux. Mais on ne s'improvise pas gardien d'une heure sur l'autre, surtout quand on a l'habitude du contraire. Sans ironie, son regard. Elle, du moins, n'avait pas envisagé les choses à l'avance.

« C'est plutôt une heureuse idée. Vous pouvez vous faire du bien. Sois douce, Mathilde.

— Douce, moi ? (Je l'entourai de mes deux bras). C'est toi que j'aime ! »

Elle releva mon visage qui racontait tout et ne disait rien.

« Tu sais bien que ça me plaît, de te voir vivre. »

Cette peau lisse et ces traits répandus comme un parfum. Je demande encore :

« Tu es sûre que je ne te fais aucun mal ?

— Sûre. Va, maintenant, il faut que je travaille. »

L'allégresse me tenait lieu de réflexion.

Chez moi, je fus accueillie par la sonnerie du téléphone. Paul, geignard, aux aguets d'un petit plaisir. Je n'avais nulle intention d'être méchante, mais je devais lui apprendre la fermeté, à être non pas citadelle, mais plaine à labourer, incendier :

« Je pars, mon cher. Vous irez au cinéma avec votre maîtresse, vous devez bien en avoir une.

Combien de temps ? Vous le verrez bien. Seule ? Tiens, c'est une idée que vous me donnez là. En effet, je pars peut-être seule... Voilà beaucoup de questions, c'est laid... Rôdez donc devant chez moi plusieurs jours, si vous aimez les informations, cela vous donnera les joues roses... Eh bien, ne m'appelez plus jamais, si je vous excède, et ne vous saoulez pas cette nuit : je ne serai pas là pour vous le reprocher... Au revoir ! »

Comme je n'avais aucune envie de sortir avant le lendemain, j'écrivis à mon ex-époux :

Antoine, mon cher,

Toutes les fenêtres sont ouvertes et la lune bouge sur le tapis. Je devrais éteindre et tâcher de l'attraper. Mais alors je ne pourrais plus vous écrire et je risquerais de m'ennuyer. Ou d'avoir peur. C'est un côté de moi que vous ignorez. Parce que je saute à pieds joints dans toutes les mares, on bat des mains que j'aime l'eau et sans doute les poissons !

Et si c'était par crainte que les raz de marée ne viennent me lécher les mollets sans m'avoir prévenue ?

Je tourne des phrases comme un ébéniste, parce que j'ai les mots plus vifs que la pensée. Ou peur. Croyez-vous qu'en n'opposant pas de résistance, on puisse faire du mal ? Croyez-vous qu'en étant très malheureuse, on prenne tout le mal pour soi ? Croyez-vous que je ne pense qu'à moi, qu'à ma nature, et croyez-vous que les Français ignorent qu'ils sont déjà morts ?

Je vais m'appliquer une seconde à songer à toi. Tu as tes yeux bruns très brillants, tu es assis tout droit dans le fauteuil de ta chambre d'hôtel, et tu lis le New York Times. De temps à autre, tu renverses la tête et tu réfléchis à la belle Amérique qui fonctionne autour de toi. Tu sais comment elle marche et tu mets le dos de ta main sur tes yeux, parce que c'est toujours triste de comprendre ! J'ai envie de t'aimer. Et voilà, je ne peux pas longtemps penser rien qu'à toi : je finis toujours par apparaître en pied sur le devant de la scène.

Amuse-toi bien, mon ange. Moi, je coule comme les rivières ou le sang d'une sale bête. Ce n'est pas vrai, le mal que j'ai dit du printemps à Paris. Il est très bien. Simplement, ce n'est pas une saison où j'aimerais mourir. Ni lorsque j'ai soif. Ta dernière lettre m'a plu.

Au revoir, M.

François est arrivé les bras au corps et j'ai pris les choses en mains. Cela me vient naturellement pour empêcher autrui de penser que je suis gênée et, du coup, de le devenir eux-mêmes.

« Mon cher, avez-vous des projets ? Non. Parfait, moi j'en ai : je vous emmène. Où ? Vous verrez bien. »

J'ai jeté mon sac de voyage sur la banquette arrière où il a rebondi très haut. Ma violence m'a déplu et c'est avec douceur – j'avais pris le volant – que j'ai fait démarrer la voiture en évitant secousses et grincements.

Avenue Foch, elle roulait déjà à cent dix sans qu'on s'en aperçoive. François alluma une cigarette. Je ne l'avais jamais connu ainsi, avec un temps totalement nu devant lui. Cette liberté lui allait bien.

Je nous arrêtai à la lisière d'un bois, vers la Normandie. Je m'enfonçai dans les taillis avant lui, j'aurais trouvé indiscret de l'épier face à la campagne. À son pas derrière moi, je compris qu'il en avait l'usage. J'écartais les branchages et posais les pieds sur le sol irrégulier avec un sûr plaisir. L'écorce, les feuilles, la mousse : j'avais oublié ces choses que l'on peut toucher et abîmer sans que cela ait de l'importance.

Le bois cessait devant un monticule. En quelques sauts, je fus sur un rocher tiède. François me rejoignit, un peu essoufflé. Assis côte à côte, nous examinions le monde alentour, plein de petits détails. Que dire ? J'aurais pu me faire expliquer la politique ou lui livrer mes méditations sur la camaraderie. J'aurais aussi pu me tenir toute raide pour prétendre que je l'aimais en secret. Je ne fis rien de convenable. J'appuyai mon menton sur mes paumes, les coudes aux genoux, et le dévisageai sans sourire.

Je pensai : « Il va se passer quelque chose, ou rien. Je n'ai aucune préférence. »

Il y a des hommes qui vous prennent la main et vous attirent doucement contre eux. Certains sont brusquement sur votre bouche, ce qui vous fait pousser un cri étouffé. « Embrassez-moi », me dit François. La froideur de cette demande lui fit honneur, et pour souligner mon contentement je tergiversai un peu : « Pourquoi ? »

Il avança une main dans mon dos, saisit une poignée de cheveux et m'attira lentement jusqu'à lui.

Tant pis si je perds mon assise et griffe le rocher sans y trouver prise. Ces problèmes d'équilibre ne concernent que moi.

Le lendemain, dans une auberge, j'appuie mon front contre la vitre en contemplant tous les mots que je n'ai pas prononcés. Belle cavalcade où le mot « aimer » repasse sans trêve, tel un porte-étendard : « M'aimez-vous ? Il ne faut rien faire sans l'amour. C'est Hélène qui vous aime. Pour ce qui est de moi, je crois ne pouvoir aimer personne... »

À quoi bon poser des questions dont on connaît les vraies réponses, celles qu'on ne vous donnera pas ? Pour éprouver la fantaisie de l'autre ? C'est ennuyeux lorsqu'on peut contempler le ciel zébré de rouge et qu'on se demande si l'on aurait peur de la guerre.

Devant moi pointent des lumières qui s'allument à la volonté des hommes. Derrière moi, cette chambre sombre et François. Il sait aussi se taire. Il doit être étendu en travers du lit et fumer comme s'il n'attendait rien.

Le ciel est devenu opaque. J'en ai assez d'être debout, l'immobilité de François me paraît inaltérable et rassurante à la fois. C'est pour l'une de ces raisons – ou d'autres – que je me rapproche de lui. Je m'assois à distance puis pose ma tête sur sa poitrine, mains jointes, les bras repliés sous moi. Il ne bouge pas, c'est bien. Nos corps font un grand dessin sur ce lit. Je suis contente de ne penser à rien et je me dis que je vais sans doute dormir.

Il pose ses doigts sur ma nuque et la serre de plus en plus fort.

Le lendemain, je fus parfaitement bien élevée. Ce n'est pas aussi simple qu'on croit, il faut ne poser aucune question et paraître sans besoins. On accepte n'importe quoi pour le petit déjeuner, on se montre peu pressée de regagner Paris, mais en laissant voir qu'on est en état d'y partir dans les cinq minutes. On sourit lorsqu'on vous regarde, sans plus, et l'on présente d'inépuisables ressources en conversation.

Ne pas se laisser aller de tout son poids contre un autre est d'une incommensurable fatigue.

Mais rien ne m'autorise à me pendre aux épaules de François, pas même mon cœur. Il se déplace en fumant dans la chambre que nous quittons à chaque instant du regard, par la fenêtre, pour nous réfugier dans les arbres. Notre attitude semble identique à ce qu'elle a toujours été, mais l'allure de notre entretien a changé.

Auparavant, François tentait de s'introduire dans mes dires, d'engager des controverses. Aujourd'hui, ces bousculades n'ont pas lieu. Nous nous approuvons à tour de rôle. Mais sans indifférence ni accablement, avec beaucoup de sollicitude. Comme si, à chaque instant, nous redoutions de nous blesser mutuellement.

« Vous n'avez pas froid, Mathilde ? Ces auberges sont pleines de vents coulis. Avez-vous assez déjeuné ? Désirez-vous marcher ou demeurer ici ? »

Je répétais que j'étais bien, sujette à nul trouble, sur un ton qui écartait l'insistance. Et je m'appliquais à garder mes mains sages, croisées sur ma jupe, et le dos droit.

Au fond, je savais bien que j'aurais pu être autrement. Qu'il aurait été facile de me jeter dans ses bras en riant, comme à quatorze ans, lorsqu'on manque de mots. Mais ce n'eût pas été raisonnable. Il aimait Hélène et moi rien – ou des songes.

On se laisse séduire par une tête brune bonne à toucher, des mains aux longues caresses, de la chaleur, et l'on commet facilement l'irréparable : des gestes sans mobile.

C'est que le plaisir permet bien des audaces, mais, lorsque ça n'est plus l'heure, on ne se montre jamais assez prudent.

L'après-midi même, je me retrouvai chez Hélène et tombai à ses genoux. Ici était la tendresse et la lumière douce derrière les rideaux toujours fermés. Je n'aime pas les compliments des hommes : ils blessent, comme s'ils contenaient un reproche. Ils semblent vous faire grief de l'emprise qu'ils vous accordent sur eux, et on dirait qu'ils accueilleraient la disparition de ce teint ou de cette grâce avec une sorte d'amusement ; de soulagement, plus exactement : « Voilà des qualités dont je n'ai plus à me soucier, elles sont hors commerce ! »

Aucun de ces sous-entendus ne gâtaient les paroles d'Hélène, je sentais protégés les traits qu'elle soulignait chez moi. Ils prenaient forme au fur et à mesure qu'elle y prêtait attention, et je n'en tirais pas gloire. Elle me façonnait à son gré : « Tu as l'air d'une fille maure ou du petit frère d'un guerrier serbe. » Ces mêmes mots venus de François, j'eusse balancé un objet à travers la pièce. D'Hélène j'oubliais qu'ils me fussent destinés et pensais : « Tu es belle, lorsque tu aimes. »

Nous ne parlâmes pas de François. Je ne demandai pas si elle l'avait revu. Elle me servit du thé dans des tasses de métal plus brûlantes que le liquide. Le velours bleu sombre de son déshabillé exaltait le noir de ses cheveux, et j'imaginais des roses.

« Lis ça », dit-elle en me tendant un livre. C'était un bon auteur aux phrases sans brutalité ni fissures. Comme dans un large filet, il nous ramenait le monde et bientôt il me sembla qu'il parlait de cette pièce, d'Hélène et de moi. Je me tus, le livre me tomba des mains : identité parfaite entre tout.

Je me renversai sur le lit, paumes en dehors, et parce que je me rendais, le visage de Guillaume s'échappa de moi et vint s'implanter derrière mes paupières.

« Mon enfant », dit drôlement Hélène en me couvrant du pan de sa jupe.

Ce fut le temps où je m'établis entre eux deux, les voyant à tour de rôle. Ce n'est nullement par traîtrise que je séjournais doublement dans leur champ : il m'eût été impossible d'abandonner l'un pour l'autre. En premier parce que l'intérêt que chacun me dispensait était commandé par le fait que je communiquais avec l'autre ; malgré eux ils se rassasiaient des nouvelles, des images ou du parfum que je leur en rapportais. Par ailleurs, en imaginant que je ne me fusse consacrée rien qu'à l'un, je n'aurais pu le supporter. Le pôle de leurs élans était situé en dehors de moi, au-delà ; pour ne pas trop souffrir de ne pas être la mieux aimée, il me fallait ce va-et-vient. Ce mouvement me donnait le sentiment d'être à la chasse de ce qui m'échappait ; l'immobilité eût validé mon dénuement.

L'un de mes cauchemars est d'être transformée en roc, en morceau de terre, fixe à jamais ; obligée de subir éternellement l'absence de ce que je ne suis pas. Tant que je cours, rien n'est prononcé.

À force de se placer dans la peau de l'autre, on perd sa justesse. Lorsque je me trouvais avec François, je bâtissais des romans sur ce qu'il pouvait ressentir ou penser. Regardait-il par la fenêtre, je me disais qu'il comparait cette vue à celle de l'appartement d'Hélène. Il se pouvait aussi qu'il adoptât cette contenance par impuissance à m'entretenir, une fois les anecdotes épuisées ; ou n'était-ce pas mon silence attentif, dont je prenais brusquement conscience, qui le paralysait ?

C'est ainsi que je m'égarais. Triste et agacée contre moi, je me contraignais à des parades où je le taquinais ou faisais l'enfant. Je devenais un objet dont nous nous occupions ensemble, ce qui nous dispensait des combats spirituels.

François cédait facilement à cette diversion – preuve même de son embarras – et parlait de moi à la troisième personne, et au masculin. Il me donnait un nom d'animal ou de plante, rarement le même : « Le chat a-t-il soif ? Il faudrait peut-être emmener ce pauvre lapin en promenade, qu'en penses-tu ? Il est content, mon saule ? »

Ou bien j'absorbais une large rasade de whisky ou de quelque autre alcool détestable. Je l'avalais dans une grimace, trop rapidement pour m'enivrer. Mais le geste me réconfortait. C'était une façon de me faire mal puisque je n'aimais pas ces boissons, de me rendre pitoyable et d'affirmer cependant ma volonté de ne pas faiblir. Je dissimulais ces écarts à François et rinçais soigneusement ma bouche avant de le retrouver.

Toutefois, j'aimais sa compagnie. Nos coude-à-coude dans la foule, ces coups d'œil de complicité qu'il me lançait, de temps à autre, face à tel ou tel spectacle, et auxquels je répondais par un sourire : merveilleux sentiment d'être deux errant dans une ville ! Mais, au fond de moi, s'insinuait l'idée qu'il ne recherchait mon acquiescement que pour se donner raison, non pour qu'on se rapproche.

C'est ainsi que j'empoisonnais nos rapports en me persuadant qu'il se jouait à lui-même, auprès de moi, le rôle d'un homme désiré et par conséquent nécessaire.

En dépit de ces soupçons, je lui donnais la réplique avec empressement. Rien ne me déplaît comme de décevoir. Et puis, lui servir à s'aimer n'était pas une fonction négligeable.

Lorsque je me retrouvais seule, très tard, défaite, je m'abandonnais avec un soupir contre le lavabo, ou mon lit. La tension était relâchée. Avais-je bien tenu mon rôle, qui était d'exiger tout en ne m'attachant à rien de ce qu'on m'accordait ? Ni ces caresses, ni ces paroles d'amour, il ne fallait les faire miennes. Autrement, quand sonnerait l'heure du retrait, bientôt, elles me consumeraient.

Je réservais la journée à Hélène. Maintenant qu'elle m'avait chargée de mission auprès de François, je ne craignais plus de paraître insuffisante : j'avais une fonction et, par conséquent, une valeur indépendante de ma personne. Ce devoir convenait à ma gaucherie et je la laissais m'utiliser à son gré. Tantôt elle m'entretenait longuement d'elle-même, de ses incertitudes et de ses aspirations, profitant de ce qu'elle était plus âgée que moi pour dresser des bilans, l'état des lieux : « Rien n'est plus bête que la passion ; tu verras comme c'est bon d'être lucide et d'attendre que les choses viennent à vous. Ce qu'elles ne manquent pas de faire... »

« Et François ? » disaient mes yeux et mon corps ramassé.

Je les voyais, ces liens qui l'attachaient à lui et dont elle refusait de faire état. Si elle avait la possibilité de se concentrer sur son travail, c'est que François était présent dans la pièce d'une façon presque tangible. Qu'il en disparût vraiment et elle eût vagabondé en tous sens.

Alors qu'elle s'occupait de moi, à sa manière bienveillante, François, lui, me traitait comme un objet, un corps étranger, impénétrable, qu'on se passe sans l'altérer d'une main dans l'autre.

Hélène me posait comme son contraire et s'y complaisait : j'étais l'ombre de ses vertus et de ses quelques défauts, la variabilité, l'imprécision, l'inexplicable. Une enfant sans promesses de maturité, une femme sans pouvoirs, probablement sans ambition.

Aimer certains êtres est à la fois une faute de goût et le signe d'une belle libéralité : c'est prouver qu'en dépit de sa propre solidité, on n'en communique pas moins avec l'irrationnel. Et quand elle prenait ma tête entre ses paumes en murmurant : « Quelle drôle d'âme tu fais ! », ou qu'elle approuvait mes fantaisies : « Prends du fromage, puisque tu en as envie... Couche-toi sur le tapis, et dors... Va voir les Vermeer ou au Salon de l'auto... », c'était à elle-même qu'elle passait royalement des caprices.

C'est pourquoi sa tendresse, son indulgence, son goût de ma vie me laissaient régulièrement une brûlure au cœur. Il est dur d'être méconnu, on crie à l'injustice ; mais être admis comme un vice, être plus que toléré, recherché à cause de son imperfection même, comment faut-il l'accueillir ?

Gifle, ou coup de poignard ?

Lorsqu'on me faisait l'amour, je m'appliquais à me laisser prendre. Cela ne va pas sans quelque activité : ouvrir les bras, les jambes, caresser du bout des doigts. Je n'imaginais pas ce que j'aurais pu y mettre d'autre. C'est rarement la bonne volonté qui manque en amour, mais le désir.

Soudain, je m'aperçois que je n'embrasse plus François avec la même chaleur. Jusque-là, je m'intéressais au déroulement de nos baisers et m'émouvais de leur douceur. Maintenant je me renverse sur le lit et prends sa bouche sans plus rien penser. Nos lèvres se cherchent de plus en plus violemment, comme sous le coup d'une menace. C'est avec peur que j'enfouis ma tête au creux de son épaule et me presse contre sa poitrine. Nous nous déshabillons sans transition, sans l'envie d'y mettre des formes – sans prétendre non plus ne pas en mettre.

Au moment où il me prend, j'ai un sanglot. Lui aussi, parfois. Je le sens se débattre contre l'envahissement du plaisir et je lui ordonne de s'y livrer. Quand il se met à trembler, muscles raidis, le visage rejeté loin du mien ou les dents dans ma chair, je me retiens de lui commander de mourir.

S'il me caresse, mes mâchoires se serrent, je frémis, craignant de manquer de force. Je rassemble alors mon énergie, mains crispées aux couvertures, au bois du lit. Je passe à travers la jouissance comme dans un cercle de feu, la respiration suspendue, retenant une plainte effrayée.

Malgré moi, ma tête roule de droite et de gauche, puis je rouvre les yeux sur lui, muette, hébétée. Il me serre, me berçant pour me rassurer.

Lorsque nous nous levons, je le sens faible, avec un désir de manger ou de fumer. Moi, j'ai le cœur épanoui et léger comme après une maladie ou l'accomplissement d'une tâche redoutée.

Je m'étonne qu'on puisse appeler plaisir cette épreuve.

C'est lorsque j'y songe le moins que je commets l'irréparable. Un matin, je me réveille paisiblement, sans projet particulier, et en quelques instants j'ai écrit la lettre ou prononcé les mots qui font sauter le pas au destin.

À vrai dire, je commence à connaître le calme spécial qui préside à ces opérations. Il s'installe en même temps qu'un relâchement des désirs, une lassitude un peu nauséeuse qui semble laisser augurer que mon prochain mouvement sera de me coucher pour dissiper le malaise.

Pas du tout !

C'est justement dans ces moments d'apathie où plus rien ne bouge ni ne menace en moi que surgit d'on ne sait quel recoin une invention fatale. Elle n'est pas plus tôt conçue que – toute inerte que j'étais, une minute auparavant – je l'exécute.

Il semble qu'une obscure volonté, habituellement réprimée, ait profité de cette période d'abattement, d'inattention, pour réaliser ses secrets desseins. Et ils étaient si bien préformés que leur mise en œuvre se fait sur-le-champ, sans délai de mise au point.

Ensuite je demeure les bras ballants devant ses conséquences. Cherchant maladroitement à les justifier aux yeux d'autrui et plus vainement encore à me les expliquer.

Ce matin-là, donc, j'avais dormi tard, puis traîné à lire du Montherlant. Devant moi s'étendait la nudité humide d'une journée sans obligations, un dimanche. Il ne tenait qu'à moi de faire appel à l'un ou l'autre de mes proches – ou, au contraire, de rester morte à ne pas bouger de mes lectures, la journée durant.

Hélène ne m'appellerait pas, préférant comme à l'accoutumée que je la sollicite.

J'avais vu François la veille. Longue soirée où, par ennui ou oisiveté, nous en étions venus à subtilement nous reprocher de ne pas nous aimer. Il m'avait quittée, attendant un geste que je lui refusais, puisqu'il ne l'amorçait pas lui-même. Il se détachait, immobile, contre l'obscurité du palier. Ces instants qui se veulent lourds d'implicite sont détestables. « Allez dormir, lui dis-je, ces courants d'air ne sont pas bons pour vous. » J'aime à reprendre des mots qui m'ont fait mal – là, c'étaient ceux de Guillaume – et les resservir à d'autres.

Il disparut.

Ils se trouvaient tous à distance. À portée de main, cependant, même Guillaume auquel il m'eût suffi de téléphoner. Mais aucun ne manifestait d'exigence à mon égard. Une torpeur me maintenait en travers du lit, la tête sur un bras, jouant avec un coupe-papier. Belle journée, vide et légère comme une coquille vide !

Peut-être est-ce de voir devant soi une scène aussi dégarnie et disponible qui donne l'envie d'un spectacle, faisant surgir la tentation de jouer avec ces heures libres ?

En quelques minutes, j'eus téléphoné à Hélène et à François pour les inviter à déjeuner. Ils acceptèrent tous deux, chacun croyant qu'il s'agissait d'un tête-à-tête.

Comme il était tard, il me restait peu de temps pour préparer un repas froid, encore moins pour réfléchir. Jusqu'à leur arrivée, je comptais bien ne pas me ménager la moindre pause où j'aurais pu ruminer, prendre du recul. J'utilisai les derniers instants à des rangements, des préparatifs superflus.

Quand un coup de sonnette devint imminent, je fus traversée par l'idée que l'un arriverait avant l'autre et qu'il faudrait l'avertir du guet-apens. Lequel serait-ce, et comment réagirait-il ? Avec Hélène il était habile de jouer la confusion, de confesser un enfantillage. « Voyons, voyons », ferait-elle sur le ton du blâme, le regard indulgent. Peut-être me prendrait-elle sous le bras pour vite m'entraîner déjeuner ailleurs ?

Je redoutais davantage l'apparition de François. Il faisait peu crédit à mon innocence, non plus qu'à ma candeur ; humant là quelque mauvais coup, il s'éclipserait aussitôt.

Pour parer à ces dangers, j'imaginai une stratégie. Je laissai la clé sur la porte avec un mot écrit : « Qu'on entre, je reviens ! » Puis je me dissimulai au fond d'une penderie.

Recroquevillée sur le sol, j'eus le temps de penser qu'ils pouvaient aussi se rencontrer dans l'escalier, auquel cas – chacun se défilant – je risquais fort de déjeuner seule.

Puis j'entendis claquer la porte. Lequel ? Mon cœur battit à grands coups... Drôle de jeu que celui-là : il ne m'amusait nullement. Si c'était une expérience, le but m'en échappait encore. Je me sentais coincée et en péril dans une aventure aussi cosmique, échappant autant à ma responsabilité qu'un bombardement. Sans plus de signification, du reste.

La sonnette retentit et on alla ouvrir puisque la porte se referma une seconde fois. Je respirai profondément, me disant qu'il fallait attendre un peu. Mais une vague d'angoisse me contracta et, de frayeur, je sortis de mon placard pour me diriger la tête haute vers le salon.

Ils étaient debout tous les deux. François adossé au mur, mains dans les poches. Ils me regardèrent. « C'est gentil de faire des surprises », dit François. Il y avait une lueur dans ses yeux et je compris qu'il allait rester. Hélène me parut plus émue, plus grave. Bêtement, je me demandai lequel était entré le premier et m'abstins de m'en informer. J'avais cru manipuler des explosifs, or rien n'éclatait, ou du moins cela se faisait sans bruit, sans déchirement, comme dans ces blancs laboratoires où la mort même est pulsation, micrométrie, silence. Il ne restait qu'à continuer l'entreprise.

Je m'approchai du plateau aux liqueurs, me secouant un peu comme lorsqu'on assure une charge sur ses épaules. Je versai trois cocktails et me retournai, souriante, verres en main. « À notre tendresse », dis-je avec le plus de douceur possible.

Hélène vint jusqu'à moi pour m'embrasser.

Verte odeur de fleurs écrasées.

Je me demandai en vérité qui contrôlait les affaires des hommes.

Le soir même, je téléphonai à Paul. Je ne l'avais pas vu depuis quelque temps et je me doutais qu'il serait satisfait de m'entendre, mais je ne m'attardai pas à le vérifier : « Peux-tu prendre des vacances, là immédiatement. Pour quoi faire ? Pour partir avec moi. Oui, tout de suite ! »

Il me fit rapidement savoir qu'ayant déjà renoncé à une partie de ses vacances, il avait pu obtenir l'autre sur-le-champ. J'allai voir mes parents qui me prêtèrent assez facilement leur voiture et décidai que nous quitterions Paris dans la nuit.

Après avoir fait mes bagages, j'écrivis quelques lettres :

Hélène, mon ange, je pars. Pas très loin, mais j'ai besoin de soleil, d'eau. Ce n'est pas vrai : j'ai besoin d'être seule. Cela n'est pas vrai non plus : j'emmène quelqu'un. Il faut que je te laisse faire ta vie en paix, te contredire aussi pleinement que tu voudras, sans témoin. Je te gêne sans que tu te l'avoues, et cela me met mal à l'aise. Je dois ne pas peser. À bientôt.

Pour François :

Vous voyez comme je suis ! À la fois passionnée et traître. Je vous évite d'avoir à me le reprocher en disparaissant. Ne vous souciez pas de moi, vous ne me blesserez pas en suivant votre cœur. J'ai besoin des autres, et puis j'ai besoin qu'ils n'aient pas besoin de moi. Pensez de moi ce qui vous est nécessaire pour être heureux. Adieu pour ces jours-ci !

L'acharnement qu'on met à se justifier, quelle vilaine maladie ! Je déchirai ces papiers et leur laissai à tous deux ces seuls mots :

Je pars faire un tour d'Espagne avec Paul. Portez-vous bien.

Pas un instant je ne laissai Paul conduire. Qu'eussé-je fait sans l'obéissance de cette machine à mon pied ? Accord plus minutieux, plus réussi que la volupté. Les choses, du moins, savent répondre à l'appel. Une bienheureuse prudence retint le garçon de m'exprimer son contentement de m'accompagner. L'idée de notre couple, l'un si vibrant que l'autre ne pouvait que se rencogner, consumé d'ondes, m'amena à sourire. Lorsqu'il ne bougeait pas, j'avais de la gratitude pour l'attachement que me manifestait ce garçon. Dommage qu'il lui fallût en souffrir ! Je posai un instant ma main sur son bras – très brièvement, de crainte qu'il ne manifestât un plaisir irritant qui eût biffé ma sympathie.

Que n'était-il ce petit frère râleur et drôle avec qui l'on voudrait faire le tour du monde !

La route ondulait, se redressait, virait brusquement après de longues platitudes, ou bien plongeait à l'improviste comme pour m'échapper. Mais j'étais bien en selle sur son dos et, malgré ses ruses, ne la lâchais pas.

Paul, oisif, tripotait les boutons de la radio. Ces bribes de son semblaient venir de tous les bouts de la nuit déserte pour se resserrer autour de nous, humains comme eux. Leur familiarité un peu grasse me déplut : ils s'installaient, sûrs d'eux-mêmes, fats. « Ferme ça », dis-je à Paul. « Pourquoi ? » demanda-t-il par acquit de conscience. Vraiment, je n'étais pas juste avec lui : « Pour que tu dormes. »

En prononçant ces mots, je compris que c'était une excellente idée. Oui, qu'il dorme et me laisse seule ! J'arrêtai la voiture et lui intimai de monter s'allonger à l'arrière. Vexé, il se rebiffa. Je soupirai, il allait m'obliger à recourir aux méthodes féminines : « Écoute, cela me ferait plaisir. Pour l'instant, je suis à bout de nerfs et il vaut mieux que je conduise. Tout à l'heure, j'aurai besoin de toi pour achever le trajet, je te réveillerai et tu prendras le volant. D'ici là, sentir ta fatigue m'épuise. Je t'en prie, va dormir... »

Tout y était : les yeux, le ton, les mots. Il suffit de jouer l'émotion pour se rendre pitoyable à soi-même et devenir parfaitement convaincante. Paul acquiesça. Peut-être ne dormit-il pas, mais il ne me gênait plus.

Je commençai par laisser couler mes larmes. C'est une opération qu'on ne peut faire qu'à l'abri des regards. Pour les autres, larmes signifie douleur, alors qu'elles ont tant d'autres sens ! Il y en a même qui n'ont pas de cause, qui sont rituelles, fonctionnelles. De temps à autre, on pleure. C'est un peu ennuyeux, parce que cela brouille la vue, qu'il faut renifler, s'essuyer les joues ; mais, à part ça, on n'y pense pas plus qu'au fait de se coiffer ou de se laver les mains.

Tout en pleurant, je réfléchissais sérieusement.

Cette façon muette qu'avait François de me saisir la nuque. Caresse, oui – mais, maintenant, je m'avouais qu'à chaque fois j'y avais perçu du dédain : « Parce que tu es peuplée d'images, la fille, tu crois tout connaître du monde, c'est une illusion. Je vais me charger de toi sans même que tu le saches ! »

Et il décollait la peau de mon cou comme on fait pour s'emparer d'un chiot. « Quels sont tes projets ? » disait-il comme il m'eût demandé : « Nomme tes caprices ! »

Et quand il sollicitait mon opinion sur des gens, des affaires, il devait me voir tel un bébé tripotant sans y rien comprendre une bague ; lorsqu'on lui reprend le bijou, il en est devenu étrange et, partant, plus précieux.

« Je te prévois » – voilà ce que me répétait François par sa présence. Longtemps je lui avais laissé cette certitude ; parfois la charité satisfait mieux que la justice. Mais l'effort qu'on fait pour se contenir mine le plaisir. Je n'en avais plus avec lui.

Entre Guillaume et moi, c'était la peur de souffrir qui avait instauré un vide infranchissable : trop de désagréments et de douleurs m'attendaient sur l'autre bord pour que je continue à jeter des passerelles.

Ce qui me séparait de François, c'était l'inconfort : je ne supportais plus de sentir son regard qui me dédoublait, me modelait à sa guise : il me faisait plus flexible que je n'étais, plus tendre et même plus brune. Qu'il y eût dans ce maniement de ma personne le signe d'une vive attention à mon égard ou une tentative pour me consoler de mon impuissance à me réaliser, je n'y trouvais pas mon compte en respect, ce qui ne se revendique pas.

Telles étaient les vraies raisons de ce départ. Ma lâcheté lui avait donné d'autres prétextes plus flatteurs : je m'étais crue les débarrasser d'une présence superflue. En fait, je ne pesais guère et ne pouvais pas les gêner ; aussi, jouer les tiers qui s'effacent par discrétion était pire qu'hypocrite : prétentieux. Cette idée pouvait leur venir. Dans la nuit, j'en rougis si fort que j'ouvris la vitre pour que le vent me lavât.

Dès le lendemain, j'allais leur écrire que j'étais amoureuse de Paul, unique motif de mon absence. Puis je m'écœurai d'une telle comédie : ils ne penseraient qu'à leur guise, je ne réussirais pas à les abuser. Sans doute parce que je ne croyais plus moi-même à l'efficacité des mensonges.

Autrefois, les mensonges m'avaient terrorisée comme des anges noirs capables de bouleverser le destin par leur seul passage. Maintenant, je savais qu'ils assombrissent le paysage une minute, mais qu'une fois la lumière revenue, tout est en place comme devant. Les mensonges peuvent encore servir, lorsqu'on est très pressé, à jeter de la poudre aux yeux, le temps de se faufiler vers la sortie, brusque bourrade dont l'effet ne dure pas. Je restais nue dans la vérité.

À l'aube, je vis s'élever la terre. Toute plate la nuit durant, elle redresse au matin ses arbres et ses villages comme, dès qu'on ouvre la page, les découpages des livres d'enfants. L'obscurité s'était engouffrée vers l'ouest avec les relents du jour précédent. Ce nouveau jour se présentait glacé, aseptisé. Il me parut atroce de traîner dans sa rosée. Nous arrivions à Bordeaux, derrière moi Paul se défripait, il bâillait, prononçait des mots pâteux, se complaisant manifestement dans son reste de torpeur. La satisfaction liée au bien-être est vraiment laide. Vite, je le secouai :

« Voici une ville. Il faut se réfugier dans un hôtel et y dormir jusqu'au soir.

— Mais je n'ai pas sommeil, puisque tu ne m'as pas réveillé !

— Tant mieux, tu t'occuperas de la voiture qui commence à faire pitié. Et puis, tu inventeras le tourisme à Bordeaux, ensuite tu pourras me parler de ses arbres et de ses places devant Burgos, et de ses musées au Prado. Comme ça, nous pourrons comparer, c'est-à-dire faire montre de culture...

– Idiote, je t'aime », dit ce malappris.

Nous repartîmes le soir même. Le déplacement : voilà ce que j'avais entrepris. C'est une façon de nier les choses. Il n'existe pas de route, puisque celle-ci n'est pas ce morceau d'asphalte déjà disparu. Pas de ciel non plus, ce bleuissement à l'horizon étant trop lointain pour être réel. Il n'y a pas davantage d'arbres, puisque je n'en connais aucun. Ou peut-être n'y a-t-il qu'un seul arbre qui m'accompagne partout en se démultipliant ?

C'est ainsi que je finissais par éprouver la permanence de la route, de l'herbe, de mon corps, probablement aussi de ce que je croyais définitivement perdu : des images, des mots (par pudeur, je n'osais désigner autrement la substance de mes amours) qu'il était inutile de réviser puisque je les sentais constamment en moi, bloc compact et cruel.

Par instants, je me demandais pourquoi j'avais emmené Paul. Besoin de distraction, suggérais-je perfidement. La raison en était plus grave, plus féroce : seule, j'eusse paru être en voyage, préoccupée par l'essence, les hôtels, esclave réjouie des actes utiles. Avec celui-là, témoin que je n'allais nulle part, ma précipitation à poursuivre, mon soin à régler chaque détail marquaient encore mieux mon désespoir. Quelqu'un pouvait s'effarer de mon calme, de ma présence d'esprit, comme d'autant de convulsions et de hurlements.

L'efficacité, le fini que je mettais à conduire eussent convenu à une œuvre d'art ou à l'intention d'arriver rapidement en un lieu déterminé. Or si je m'appliquais à bien mener ma voiture, c'était uniquement par ressentiment. Cela peut paraître étrange qu'on parvienne au mal en s'efforçant au bien. C'est que saccager est plat, trop facile, mais accomplir admirablement une action inutile, y mettre toute sa diligence, son énergie et sa conscience, quelle fête ! – ou plutôt quel scandale !

Lorsqu'on dénie votre amour, la réaction commune est le suicide ou la prostitution. Alors que se consacrer en silence à des œuvres que seul l'amour peut conduire à la perfection, magnifier ce que l'on a en soi de beau, atteindre à la plus grande réussite dont on soit capable, sans l'ombre d'un élan ou d'une joie, cela dût-il durer des années, voilà une vengeance autrement terrible contre soi, les autres et le reste du monde !

Le soir, j'allais retrouver Paul. La gravité de mes gestes en amour, leur réussite, la sérénité avec laquelle je les accomplissais, m'inquiétaient plus que le reste. N'étais-je pas devenue insensible ?

Tels étaient les effets de mon désespoir qu'ils abusaient jusqu'à moi.

Paul, ce doux et triste Paul, enchevêtré parmi les clochers, les sapins, la mer. Jamais je ne reviendrai en Espagne, tant je fus écœurée par ce corps frêle, cette odeur aigre glissés entre la terre et moi.

« Conduis moins vite, dit Paul, ne grimpe pas là, ne nage pas si loin, j'ai soif, il faut se reposer, ne regarde pas les hommes ! »

Saisir Paul par la nuque et lui appliquer la face contre le sol, la lui frotter dans l'herbe, les graviers, jusqu'à ce qu'elle s'use, s'effrite, qu'il hurle du désir d'être anéanti !

Mais il ne méritait pas ces amples courroux. J'avais d'autres moyens de le plonger dans l'inconfort. Sournoisement, j'attentais sans cesse à sa sécurité, disparaissant, changeant de direction, de projets.

Je me contredis, le critique, refuse le lit puis m'abandonne. Je lui parle des êtres que j'aime et secoue le tout à grands sarcasmes. Paul tremble, se redresse, m'exhibe du chagrin, une dignité fripée. Il sue la tendresse comme s'il y avait une loi naturelle qui fasse s'écrouler devant la tendresse. Je la dédaigne et il la remise soigneusement, pas tant offensé que stupéfait. Voilà que je viole l'évidence : serais-je un monstre, une miraculée ? Du coup, il m'entoure de soins, de soumission, craignant le faux geste qui me ferait me désintégrer.

Quelle responsabilité pour un si médiocre cœur !

Un soir que nous étions sortis au hasard des lumières et des sons, et que j'avançais vite pour le fuir, il s'exclamait, proposant des amusements dans l'espoir de devancer mes désirs. Ainsi sommes-nous entrés dans des bars, puis des dancings. Assis à une table, serrés contre des corps bigarrés, dans des jets de rythmes frénétiques, nous attendions comme attend la foule des métros, des entractes, des abris, des bureaux de poste – celle qui est sans impatience.

Par-dessus la table, une fille se penche vers lui, vers nous. Une peau et un sourire nets, pas de regard. Elle songe à dire quelque chose et comme ses mots se seraient perdus dans le bruit, elle se tait, lève son verre avec ce geste qui signifie : « Qu'importe, allons-y... »

Elle exigeait d'être saisie par les épaules, baisée aux lèvres. Il y a des nécessités auxquelles on doit obéir sans complaisance. Ainsi poser la main sur le front d'un cadavre, pousser à fond de course un accélérateur, toucher la surface de l'eau. Il faut entreprendre ces choses-là avec une courtoisie un peu triste mais d'une parfaite fermeté. Je regarde Paul et m'étonne de le voir se rejeter en arrière, pas très franchement, à petits sursauts mal venus.

À l'interrogation muette de mon regard, il répond par une attitude de prise à témoin, de demi-démission, d'égarement somme toute. Je me lève avec une sorte de lenteur froide et invite la fille à danser.

Il y a d'autres couples comme le nôtre sur la piste. Je m'ajuste à sa taille, à la proéminence de ses seins. Ces sensations ne me paraissent pas étranges ; naturelles, plutôt, et graves. Je ne découvre pas, je reconnais au fur et à mesure les côtes étroites au-dessus de la taille mince, et puis l'épanouissement des hanches. La soie sous la main, l'odeur délicate, les jambes qui suivent avec vivacité – affirmation précipitée d'indépendance qui avoue en fait le consentement : « Je ne t'appartiens pas », veulent-elles exprimer en même temps que : « Est-ce bien ce que je fais là ? »

Ce double jeu des femmes, il me semble que je le sais depuis toujours. J'appuie ma joue contre la tempe et les cheveux fins ; la tête ploie à cette approche comme par mégarde, la main semble ignorer la vôtre et supplie pourtant qu'on la conserve.

La conduite à tenir était de suivre des lèvres la peau nue du cou jusqu'à l'aisselle, arracher ces tissus, la lingerie. Combler. Bien sérieusement, avec l'application qu'on prête aux tâches ordinaires et minutieuses qu'il serait fastidieux d'avoir à recommencer.

La musique cessa. Je la quittai. J'avais dans les mains la consistance, la voluminosité de ses seins que je n'avais pourtant pas touchés, de tout son corps resté à distance du mien.

Je cherchai Paul et le retrouvai dehors. Mécontent, dignement désapprobateur, si obtus, enfin, que je ne pus qu'éclater de rire. Il eut peur. Il s'attendait à ce que je grommelle qu'il était pleutre, le bouscule pour ses préjugés – ma mauvaise humeur eût confessé un malaise, un regret.

Mon rire signifiait si bien que je m'inquiétais peu de ses réactions, que rien ne pouvait pénétrer dans le secret conseil où s'était décidé une aventure qui me concernait seule et à laquelle j'avais déjà donné un sens à mon gré, qu'il baissa la tête, médusé.

Nous rentrâmes par les rues moites. La lumière découvrait furtivement un monde que d'avance j'avais quitté.

La rentrée à Paris fut sèche. Un matin, sans vraiment nous consulter, nous nous sanglâmes dans la voiture pour retourner vers le Nord. La chaleur nous y avait précédés. J'avais changé de regard sur Paul. C'est que je le voyais mieux dans son entier. Il n'était plus seulement un garçon brun, hérissé de contraintes, qui m'attendait à toute heure au bout d'une ligne téléphonique. Il était composé de désirs, de fléchissements, de solitude.

Il pouvait se pencher par les fenêtres et se laisser battre par les flots de l'air, se détourner vers les bords du lit où j'étais, les yeux fixes, mi-clos, et la joue remontée par l'épaule, comme une enfant.

Il lui arrivait aussi d'appuyer ses mains jointes contre son front dans un geste bref et presque inexistant, puis de renier par un sourire tout en surface cette fuite périlleuse à l'intérieur de lui-même.

Je ne parle là que de ce que je m'arrangeais pour surprendre : ces longues lézardes, ces blocs mal posés. C'est que la vue des failles et du danger me trouble plus que tout et je ne soupçonnais pas le visage un peu dodelinant de Paul capable de s'aventurer sur des sentes imprécises et mal gardées. Dès lors, je me demandais ce qui m'émouvait le plus : le savoir au courant des menaces possibles et le dissimulant farouche-ment, ou bien, tel un joli et fragile berger, nulle-ment informé des vertiges possibles.

Quand j'étais loin de lui – que j'eusse fui à pied sur les remparts d'une petite ville rendue nette et sobre par la sécheresse, ou que, rentrée subrepticement à l'hôtel tandis qu'il me cher-chait, je me fusse allongée, moite, dans la semi-obscurité chargée de l'odeur du plateau de fruits –, je m'attendrissais sur sa maladresse et son désarroi.

Il eût été doux de protéger sa fragilité et sa vilaine défiance de ce qu'il n'avait pas la vigueur d'accepter. Doux de serrer contre soi cette tête aux os mous, ces longs doigts auxquels tout échappe, à moins qu'ils ne se crispent maladive-ment, inutilement ?

132

Je caressais un vêtement qu'il avait oublié, un livre soigneusement marqué à la page quittée, toujours fin d'un alinéa ou d'un chapitre. Puis il rentrait, poussant en avant de lui, comme ces boucliers des guerriers primitifs, mi-machines de guerre, mi-abris, son amour pour moi.

Que je hais l'intérêt qu'on me porte ! Si l'on m'aime, que l'on meure de moi, silencieusement, pudiquement, derrière quelque prétexte bien monté, et que je n'en sache jamais rien ! Mais je ne veux pas qu'on me déploie ces alanguissements nauséabonds, ces halètements, cette palpitation au moindre de mes gestes – choses qui se soulèvent brusquement lorsque je remue, comme la musique au signal d'un chef. Pâte visqueuse qui s'attache aux mains, à la pensée. Pour éviter qu'elle me souille, je prenais les devants, déclenchant l'attaque afin de mieux la contrer. Je prétendais avoir commis telle action, eu telle pensée qui étaient une offense certaine à sa tendresse.

Paul se piquait, se raidissait, et je l'espérais enfin solidifié face à moi, encore un peu flasque, peut-être, mais assez compact pour que je puisse le regarder et l'apprécier – l'aimer, sait-on ?

Mais il se retournait et, d'un coup de reins, venait confier son visage à mes genoux, m'engloutir sous son abandon.

Je rejetai alors la tête en arrière, très loin, je sentais mon cou douloureusement raidi et ce battement à son côté qui est l'irréfutable signe que je me trouve obligée de supporter ce que je ne tolère pas.

C'est en remontant les routes de France, si droites que, par instants, les roues quittent le sol dans un léger tangage, que je me posai la question de savoir pourquoi j'aimais. Je n'entendais guère, par là, l'élan qui porte soudain la main sur une épaule – comme l'article indéfini l'indique, ce mouvement est anonyme, c'est seulement par extension qu'on invoque l'amour. Non, j'appelais aimer tourner sur moi, par tous les moyens, l'attention d'un autre. J'avais besoin de manier une conscience étrangère pour me découvrir et m'explorer.

Mais, sous le regard qui vous balaie, on ne demeure nullement passif – cette inquisition est prétexte à des ébats, des déploiements d'invention, d'inquiétants exploits. Un amour bien conduit permet de mettre parfaitement en valeur toutes les ressources d'un tempérament. À quoi bon chercher des théâtres en cent lieux divers, alors qu'il suffit du cœur d'un autre pour fournir autant d'occasions de s'éprouver qu'en peut procurer la vie, et, par surcroît, un témoin et sa mémoire.

En effet, voilà qui est donné du même coup : l'aventure et son récit, l'action qui se conserve elle-même – on comprend qu'on y sacrifie beaucoup !

D'autant plus que rien ne se perd en cette entreprise, même les renoncements et les ruptures y prennent rétrospectivement leur sens et leur nécessité. La plus fervente avarice y trouverait son compte : pas une parcelle de soi n'est engloutie par le hasard, l'inutile ou l'oubli.

Jeu sans risque. Cette vision m'apparut avec une telle netteté qu'elle me souleva le cœur de honte. Ainsi ces ardeurs que je prenais pour les sursauts d'une générosité jamais lasse de se gaspiller seraient celles de la peur qui convoite l'absolue sécurité ?

J'égrenais les visages et les aventures que j'avais contraints à se succéder. Avec quelle rapidité j'avais sauté d'une marche à l'autre pour effectivement ne rien perdre du passé ! Abritant dans un nouveau cœur ce que j'avais vécu jusque-là, gagnant même à chaque envolée un supplément de confort, puisque, à nouveau raconté et admis, le passé se solidifiait encore.

Un tremblement dû à la colère m'agita : je lâchai le volant d'une main que je posai sur ma poitrine. Je m'étais abusée sans recours.

On peut soutenir que voilà une vision bien abstraite, qu'en fait l'amour c'est beaucoup de sourires, de chair, de naturel, de souffrance – toutes choses non calculées, plus animales que répréhensibles. Je ne niais pas la sincérité de mon plaisir, ni la facilité avec laquelle, par amour, j'aurais fait don de ma santé, de mon ambition et d'autres choses réputées précieuses.

Mais cela, dans l'insouciance, puisque n'importe lequel de mes gestes ne faisait qu'accroître mon prestige aux yeux de qui m'aimait, et que par conséquent rien de mon existence n'était voué à la destruction.

Avant même de me mettre à vivre, j'étais gagnante. Facile, ensuite, de simuler le détachement et l'équanimité ! Je n'étais menacée que de désagréments, jamais du néant. L'astuce que j'avais déployée à mon insu afin de me préserver me donnait le vertige, comme une trahison envers moi-même. Tout reposait sur une mésentente.

Je m'étais crue disponible, exposée à tous les coups du destin : en fait, je roulais en train blindé !

On se pardonne mal ce genre de déception et je sentais en moi grandir la rage. Il m'était impossible de continuer de ce pas-là. Puisque rejouer le passé n'était guère faisable, je m'attaquerais à l'avenir. Jusqu'à présent, mon souci avait été de me faire reconnaître par les autres, de les employer à me conserver pour l'éternité ; j'allais me refuser à tout témoin.

Cela ne signifiait pas m'enfermer dans l'isolement. Trop simple que de se vouer à la solitude et de recréer par le rêve un château protecteur. Il fallait organiser la dissidence au cœur même de mon être. La solitude, j'allais l'instituer en moi, contre moi, au centre de mes relations les plus intimes et les plus serrées.

J'allais me contraindre au risque absolu pour me châtier d'avoir été lâche, et aussi pour me venger de la complicité des autres – je ne me l'avouais pas, mais c'est bien de là que venait le plus fort de ma révolte. En acceptant l'affaire, les autres avaient forcément attendu de moi ce que j'exigeais d'eux. Ce répugnant commerce méritait réprobation et sanction.

En fait, je ne savais plus trop où était la grandeur – dans l'effort pour se défendre contre un sort épouvantable, ou dans celui qui consiste à s'y exposer du mieux possible, en tâchant d'être longtemps à niveau avec ses rigueurs. Mais recherchais-je la grandeur ? Il se pouvait simplement que je fusse excédée de solliciter l'accord des autres et qu'il me parût un soulagement de me placer pour quelque temps à contre-courant.

On n'avance plus, mais les gerbes d'écume sont vraiment belles !

Paul me laissa à ma porte. Je l'avais quitté depuis les plaines de la Beauce, à supposer que je l'eusse jamais approché. Ce que je dis là est injuste : auparavant, il m'était arrivé de penser à lui. Désormais, mon attention se dirigeait ailleurs, vers ce futur compact, moqueur, que j'avais dénié et qui pourtant m'attendait.

Je n'accordai même pas à Paul de monter mes bagages. Je désirais l'isolement afin d'épier les premières couleurs de l'avenir. Une dernière fois j'acceptai l'image de Paul tandis qu'il me disait au revoir, à bientôt, ou toute autre formule combinant appel et politesse. Machinalement, j'enregistrai la tension de ses traits et le cillement de ses paupières, pour les reconsidérer plus tard, quand il y aurait lieu : d'ordinaire, j'ai grand respect des images et il est rare que je m'en débarrasse hâtivement. Là, j'étais toute à ces choses futures que j'ignorais, mais qu'un léger tremblement me permettait de prévoir violentes.

Sur la table de l'entrée, deux lettres d'Antoine, mon ancien mari. Je les froisse sans les ouvrir, comme des pétales de rose qu'on chiffonne afin d'en exprimer l'essence. Ces lettres pourraient me troubler, interrompre la fanfare qui me conduit.

Il serait facile de prévoir ce que je vais entreprendre. S'il s'agissait de raisonner, j'aurais tôt fait de le savoir, sans doute de m'en dispenser. Mais rien de ce qui est important n'est simple. La serpe et la hache. Je dois battre à toutes les portes, non plus analyser, plutôt m'emparer... Ensuite... mais qui se soucie de cette époque ?

Reprenons les faits. J'ai téléphoné à Hélène pour lui dire que j'étais rentrée, dévorée de soleil et d'oubli. Elle semble penser qu'une telle faveur mérite réponse (au nom de quel code ? cela doit remonter aux commandements d'une gouvernante ou à quelque mauvais roman qu'elle aurait lu : ne jamais se mettre en défaut !). Cependant, elle ne se déclare libre que d'ici trois jours, c'est elle qui viendra me voir.

Cette parenthèse de temps, n'est-ce point sa faute si je l'emploie à ma fantaisie ? J'appelle

François à son bureau. J'écoute sa voix sous ses phrases. Plutôt je l'entends malgré moi, ce qui est désagréable. Voix qui s'interroge, cherche une piste – perplexité d'une volonté mal définie qui compte sur l'événement pour lui en fournir une. Certes, il n'a guère d'intention déterminée à mon égard et on pourrait le lui reprocher : si je me montre aimable, il viendra me voir ; sinon, il battra en retraite.

À moi, toujours à moi de choisir ! Au fond, son hésitation m'accable. Si j'écoutais ce qu'elle me suggère, je cesserais de tels entrechats. Est-ce par inertie, ce goût de taquiner que conserve l'animal humain depuis son hochet jusqu'à son dernier geste ? Je fais front.

Plus curieux ou moins bien contenu qu'Hélène, il s'offre à me voir le jour même.

Ces quelques heures de répit, je les occupe à faire reluire ma peau bronzée, puis je sors. Je vais bousculer l'air moite des rues. Je comprends bien la chaleur, elle réunit. Grâce à elle, je circule aisément parmi les arbres, les maisons, les passants, le passé même. Bloc unique d'images, de mots, où rêve et réalité ont le même poids, une seule nature.

Je repasse aux endroits que j'ai cru éternels : ils présentent un autre visage. Tout se mélange et me pénètre ; nous fusionnons, mes jours et mes années. Mais nul ne savait qu'il y avait double épiderme : lorsque tout mon passé est bien amalgamé, collé, je soulève un coin de cette pâte épaisse : elle vient d'un seul coup du poignet. Je la roule, la pétris, et la voilà en boule devant moi, autonome, séparée.

Désormais, je n'ai plus de liens avec rien ni personne. Je rentre chez moi, nette et disposée à tout regarder d'un œil sauvage.

Quelqu'un que l'on aime vient à vous alors que l'on sait parfaitement que l'accord est impossible, qu'il s'agit d'un simulacre de rencontre. Accepter son impuissance rend lourd et mou comme les poupées de son, et particulièrement immobile. Refuser, s'enfuir serait une belle preuve d'espoir.

Soudain on sait qu'il est dans la pièce et l'on a du mal à se retourner, on voudrait fermer les yeux et savourer subtilement cette présence. Mais il faut se lever, lancer des paroles comme ces mille saluts que se font les princes des tribus sauvages et qui sont autant de défis.

Avec François j'avais pris l'habitude de ne me plaindre de rien et de tout prendre pour naturel. Il y répondait par un autre artifice : une approbation emphatique. Plus il était cérémonieux, plus je me faisais simple, et nous nous regardions dans les yeux, moi candide, lui affecté, sur le point de laisser éclater les rires ou les insultes.

Mais nous rivalisions en sang-froid et si l'un allait s'abandonner, le sourire déjà vainqueur de l'autre l'incitait à retenir sa rage comme sa tristesse.

Il m'accabla de questions sur mon voyage en Espagne et de congratulations sur ma mine. J'y répondis du plus naïvement, sans vouloir prendre acte de ses insinuations. En fait, il m'en voulait énormément de mon absence, mais sous quel chapitre m'en faire reproche ? Il eût aimé me plonger dans la confusion par le seul questionnement de mes actes. Or je me refusais à trouver mal ce qui ne pouvait offenser une fidélité que je ne devais à personne. Il est difficile de faire admettre ses torts à qui ne veut pas s'en reconnaître. Convaincre de culpabilité demande la complicité de l'accusé. Sinon, l'on ne peut que sévir au nom d'une justice avec laquelle on est seul à s'entretenir. Ces tête-à-tête avec le bon droit n'auraient guère fait l'affaire de François : c'est pourquoi, devant mon air obtus, il ne prit pas le parti de me planter là. Dès la rue, il se fût ennuyé ; la plupart des mouvements d'indignation sont comédie, on y coupe court en les ignorant.

Il choisit de me saisir la main et me regarde.

Il m'arrive fréquemment d'avoir le vertige. Ces nausées durent une seconde, mais elles sont pour moi un arrêt de la vie, et par conséquent hors du temps. Je vois le corps qui se trouve devant moi comme un horrible ectoplasme moite, tressaillant, et nos doigts entrelacés ne sont plus que masses mal équarries, dépourvues de sens.

La terreur me prend devant cet appareil aux orifices palpitants, couvert d'une insolite végétation, à l'aspect flasque et frémissant. Et je pense que des milliers et des milliards d'êtres semblables occupent à cet instant toute la Terre. Ces abominables organismes se déplacent sans vergogne au milieu des fleurs, des minéraux, ces choses pures et glacées. Mon regard s'est figé sur la peau de celui-ci et je suis épouvantée à l'idée que cette membrane, avec ce qu'elle recèle de grouillements et de promesses de mort, pourrait m'approcher. Cet objet, j'oublie que je suis pareille à lui, je ne le connais plus et je suis sur le point de donner voix à mon affolement lorsque l'hallucination se dissipe et que le monstre m'est à nouveau familier. Je ne vois plus cette colonie de mouvements et de matières haïssables, mais quelque chose dont le rapport de masses et de lignes m'est éloquent ; je recommence à comprendre la raison et l'usage de ses gestes, nos mains jointes ne sont plus un affreux amas tentaculaire, mais le signe de la confiance, de la tendresse et du courage.

Cependant, tandis que je verse dans le pathétique, François analyse. Il m'expose que la coquetterie est une bien mauvaise assistante et qu'à ces jeux-là on brûle ses vaisseaux.

Je l'écoute, éperdue : il s'agit bien de stratégie, suis-je en train de gérer ma vie ? Mais fait-on savoir à quelqu'un que l'on est en souffrance et que vos actes sont autant de soubresauts pour y échapper ? S'il ne s'en aperçoit pas, tant pis. Que va-t-il croire, maintenant ? Que je tente de le séduire afin de conserver à mes côtés un personnage que j'ai la vanité d'apprécier ? Peut-être. Et aussi que s'il laisse ma tête prendre appui sur son épaule, s'il caresse du doigt mes tempes, puis mon cou et mon buste, il saura ne pas en pâtir ? Il est assez grand pour profiter des femmes, les respirer en tout abandon, puis se retirer sans dommage.

Je souris à ces réflexions, ensuite je les oublie. Qu'importent les lieux où il s'égare ! Ne suis-je pas moi-même en d'absurdes contrées où j'erre dans la plus parfaite solitude ? Au bout de ces terres doit exister un lieu où s'accomplissent les véritables rencontres. Hors de là, n'acceptons rien.

Dans ses bras je ne contemple que des horizons vides.

II

C'est des années plus tard que j'allais rencontrer celui qui m'ouvrirait des portes, avant tout sur moi-même.

Je ne pensais pas du tout à cet homme que je ne faisais qu'apercevoir à temps réguliers dans des bureaux où, comme lui, j'avais affaire. Plus tard, il allait me dire : « Mais comment se fait-il que tu n'aies pas perçu que j'étais disponible, et que j'aurais bien préféré avoir une relation avec toi plutôt que de me masturber tous les après-midi à l'heure de la sieste ? »

C'est ce qui caractérise Douglas : son langage, ses obsessions, ses actes, chez lui tout est sexuel. Plus tard aussi, il allait me dire : « Ce qui corrompt tout entre les hommes et les femmes, ce qui installe et perpétue le malentendu, c'est la sexualité ! Mais peut-on s'en passer... ? »

Son intelligence m'a tout de suite plu. Pour ce qui est de son sexe, en quelque sorte son bâton de magicien, la révélation de l'usage incessant qu'il en faisait ne m'en arriva que plus tard.

Mais revenons à la raison pour laquelle l'indifférence que je lui portais se mua en curiosité, puis en attachement, et jusqu'à une espèce de fascination.

À l'époque de ma prime jeunesse, coucher était pire qu'un péché, une erreur. Une jeune fille qui se permettait d'aller plus loin que le flirt et les baisers était déconsidérée, déjà dans sa famille, pis encore dans sa « bande » – on ne disait pas encore « les copains ». Plutôt mourir que souffrir cette humiliation, cette mise au ban, plutôt rester frustrée et muette ! Par manque de connaissances : que savions-nous de ce que ressent un garçon au plus aigu d'une sexualité qu'il ne peut satisfaire que... comment, à propos ?

Douglas me le conte aujourd'hui. Sans retenue ni gêne, semble-t-il. Je crois même qu'il prend plaisir à me détailler par le menu ce qui, suppose-t-il, va me troubler. À son profit.

Et si, ce faisant, il se trompait ? Mais, avant de déguerpir, écœurée d'autant de réalisme cru, je l'écoute, cet homme qui se veut sage et, à défaut, qui est vrai !

« Je n'ai plus souvenir de mes premières ban-
daisons. Je les présume très précoces ; en tout
cas, pour ce qui est de baiser ou de le tenter, je
m'y pris tôt. C'était à la campagne. En ce temps-
là, les fillettes, disons les filles, vivaient dans un
milieu si naturel que rien de ce qui se passait
entre bêtes et gens ne pouvait les surprendre ni
les choquer. C'est ainsi qu'attirant sur un banc
ou dans un buisson une petite à peine plus âgée
que moi, et soulevant sa jupe, je tentai d'accéder
à ce que j'appelais alors son « trou »...

— C'est ainsi que tu continues à le nommer !

— Il est vrai que dans mon imagination, dans
la réalité aussi, pour moi les femmes sont
trouées, et qu'il s'agit de trouver l'endroit précis
où s'ouvre cette fente, ce vide. Afin de le
combler...

Douglas se met à rire :

« — Tu n'imagines pas mes efforts dérisoires
en cette première occasion : "Mais où il est, ton
trou ? que je disais en farfouillant entre les
jambes de la minette, laquelle ne portait pas de
culotte. Aide-moi, ouvre tes cuisses, je ne le
trouve pas..."

— Et tu y es parvenu ? dis-je, le cœur meurtri
du regret de ne pas avoir été son initiatrice, la
première à lui faire connaître cet instant pour lui
si inoubliable qu'il s'en souvient aujourd'hui.

– Finalement oui, et bien d'autres fois encore, avec bien d'autres...

– Sans que tu te sois fait attraper par les adultes, sans recevoir une quelconque sanction ?

– Je crois que j'étais suffisamment habile et méfiant. Je faisais attention...

– Tu voulais ton plaisir ? sans complexes ?

– En réalité, ces coups-là me décevaient plutôt ; ma sensualité ne trouvait pas le moyen de s'y épanouir ; les filles s'en foutaient trop, il me fallait autre chose...

– Des femmes plus âgées ?

– Exactement. Et le goût m'en est resté : je suis troublé par une femme plus avancée que moi en âge et, à ce que je crois, en expérience. Mais comme je n'étais pas encore à la hauteur de leurs attentes, vu mon maigre développement de gamin, ma concupiscence me poussait à m'introduire sous leurs jupes...

– Elles se laissaient faire ?

– Il y avait à la maison des bonnes, le plus souvent des paysannes, lesquelles, affairées à leur travail à la cuisine ou à la lingerie, ne se souciaient guère des mômes qui se faufilaient entre leurs jambes et sous leurs jupons...

– Et qu'y faisais-tu ?

– Je m'enivrais de leur odeur...

– L'*odore di femina* chère à Stendhal.

– Je suis un grand olfactif.

– Il est vrai que tu renifles tout avant de t'en servir : les fleurs, le linge, les eaux de toilette, ta nourriture, le lit...

– Il me suffisait de me rouler dans ces fumets féminins, ces relents de corps plus ou moins lavés, pour arriver à mes fins, c'est-à-dire au plaisir.

– Tu émettais déjà du sperme ?

Une mélancolie se lit dans ses yeux :

– Quand je songe à la quantité inimaginable de sperme que j'ai lâché, disséminé un peu partout depuis ma toute première enfance... Et qui s'est perdu ! Qui est resté inutilisé !

– Tu en as quand même fait quelques enfants ! Qui maintenant sont grands...

– Certes, mais si peu nombreux par rapport aux millions de spermatozoïdes que mes couilles se sont donné le mal de fabriquer ! »

Y aurait-il du poète chez cet homme-là ?

J'allais apprendre qu'il était architecte, un métier de visionnaire. Douglas vivait de ses visions, et il savait les faire vivre.

Quand je songe aux années dites « glorieuses » qui ont précédé Mai 68, le mot qui me vient à l'esprit, c'est « épaisseur ». Épaisseur du silence, épaisseur du temps, de ces caresses qui se faisaient avec prudence et sans hâte... *Progrès en amour assez lents* publiait le maître littérateur Jean Paulhan. Rien à voir avec la brutalité directe d'aujourd'hui : « Tu couches ou tu couches pas ? »

Si c'est « Non » ou « On verra plus tard », le partenaire – à présent, c'est Douglas – passe sur-le-champ à une autre activité : il se rend dans la salle de bains, sort faire une course, saisit son portable pour écouter et lire ses derniers messages, ou bien téléphone comme à son habitude hors de portée de mes oreilles. Tout est entrepris avec rapidité, à moi de prendre, laisser, ou de venir à lui, en quémandeuse.

En vérité, avec les hommes de ma jeunesse, l'amour était tout à fait autre chose que ce queutage. Il relevait d'un autre siècle ! On ne songeait même pas à coucher, on tombait amoureux. À partir de quoi on entrait seul ou à deux dans un univers mystérieux, silencieux, plein de précautions, de douceur, de retenue, qui allait déboucher, qui ne pouvait que déboucher sur l'amour le plus pur en même temps que le plus violent. Un amour mystique, en somme : la passion.

Je les revois, ces garçons, puis ces hommes, qui, en premier lieu, me troublaient par une attitude, une expression de leur visage, un morceau de peau, au cou ou au poignet, quelque élément de vêtement, un chandail, un trench-coat au col relevé à la Humphrey Bogart, à la Camus...

Leur démarche aussi m'émouvait quand ils venaient vers moi ou s'éloignaient. Mais mon imagination n'allait pas plus loin qu'un baiser. Avoir cette bouche-là sur mes lèvres, pouvoir la caresser d'un doigt, la mordiller un peu... Est-ce que je « mouillais », comme dit Douglas pour qui c'est le signe que la femelle est à point, bonne à prendre ?

Je n'en avais pas la moindre idée, ou plutôt je ne voulais pas y prêter attention, pas plus qu'au sexe, au demeurant invisible, de mon compagnon.

Nous nous embrassions des heures durant dans des voitures, des embrasures de portes, de fenêtres, sur des balcons. Là où nous pouvions nous isoler. Le garçon finissait-il par éjaculer ou rentrait-il chez lui pour achever l'affaire seul ? Censure, ignorance, secret, silence...

L'élan sensuel était si fort qu'on en oubliait le reste, le monde ambiant devenait flou, sur le point de disparaître. Mes premiers baisers avec Antoine ! Pas un mot n'était échangé, et, comme j'étais vierge, que nous n'étions pas encore mariés, qu'il n'osait guère aller plus loin que ma bouche, parfois la palpation d'un sein, je me demande aujourd'hui s'il n'avait pas quelque part une maîtresse plus âgée, plus libre, qui lui donnait ce qu'il ne me demandait pas. Le lui aurais-je refusé ? Peut-être pas. En ce temps-là, il était d'usage que le garçon sollicite et que la fille refuse, se défende, se rétracte jusqu'à ce qu'elle cède, dans un vertige, comme malgré elle, hors de sa volonté... En avait-elle une, d'ailleurs ?

Dès lors, quelle affaire ! Il fallait épouser ou, si la jeune femme était mariée, débuter une relation secrète, celle qui se dissimule sous un mot si laid qu'il suggère sans ambiguïté qu'il s'agit d'un crime : l'adultère.

Oui, pour aimer, nous assassinions notre dernier amour, ou le précédent, et jusqu'au conjugal...

Est-ce pour échapper à ces vilenies qui relèvent de la tromperie que Douglas me déclare tout de go : « Il n'y a pas d'amour, je déteste l'amour, je n'en veux pas, cela ne dure jamais... Il n'y a que la tendresse ! Elle est pour moi la forme supérieure de l'amour. »

Moi, exaspérée : « Mais on a de la tendresse pour son chien, son chat, un souvenir, une vieille tante... Je ne veux pas faire partie de tes tendresses, même exaltées, je veux que tu m'aimes ! »

Aussitôt je me reprends : « Je sais que l'amour ne se quémande pas ; en fait, je ne te demande rien... Allons plutôt nous promener et parle-moi de tout ce que tu veux ! »

Autant me jeter dans la gueule du loup.

Ce qui m'étonne le plus à l'énoncé de ces say-
nètes qui font qu'à leur écoute je me rétracte,
c'est de repenser à *comment c'était* du temps de
mes vertes amours.

À notre silence.

Faut-il appeler pudeur notre réserve, ou
crainte de mal se conduire ? Ou souffrions-nous
sans le savoir du manque de mots dû à nos édu-
cations religieuses, quasi puritaines ?

On se croyait libres, mes amies et moi, en tout
cas bien plus que nos mères ; toutefois, il fallait
qu'une fille ait une alliance au doigt pour qu'elle
ose aller au lit avec qui lui plaisait.

Pour quelle raison s'y aventurait-elle alors en
un temps où nous ignorions pour la plupart ce
qu'était le plaisir, le vrai, la jouissance, l'orgasme ? (Je ne connus le mot que bien plus tard.)

Avant tout pour être aimées.

La quête éperdue de l'amour, qui motivait les filles, c'est une longue histoire que je tâche d'expliquer à Douglas, lequel en profite pour m'en sortir encore quelques-unes parmi ses plus audacieuses, ses plus salées, ses plus « cocasses », croit-il.

Je pourrais en rire, comme il m'est arrivé en fin de dîners ou de banquets, lorsque certains « messieurs » un peu éméchés n'hésitent pas à sortir des anecdotes salaces pour épater les femmes tout en insinuant que, pour ce qui est d'eux, ils sont toujours en forme. Alors, pourquoi, quand Douglas en fait autant, après un recul suis-je aussi sujette à la jalousie ? Du fait que cet homme, mon amant, aurait donné de lui à tellement d'autres femmes avant de me connaître ? Ou de ce que je ne suis pas un homme, donc non autorisée à en faire autant, et que c'est de cela que je souffre ?

De ce que la psychanalyse nomme l'« envie du phallus » ? Jusqu'ici, je n'avais fait que m'en gausser, ne désirant nullement, me semblait-il, voir pendouiller entre mes jambes cet appendice de chair molle et plissée. Où le mettre quand on ne s'en sert pas ? Et quand il entre en majesté, il ne s'agirait plus que de le dissimuler à la vue tant il paraît hors de propos, d'une gênante monstruosité – et les hommes s'empressent de l'escamoter en coïtant ou en se rajustant.

D'ailleurs, devant un membre en érection, qu'il soit de cheval, de chien, de singe, qui ne ressent une sorte de malaise et ne détourne les yeux ? C'est si général que les auteurs d'œuvres visuelles ne se hasardent que rarement à représenter sans voile ce membre interdit. Sinon, on relègue leurs ouvrages dans l'enfer des musées comme on confine dans l'enfer des bibliothèques les livres trop puissamment érotiques.

Alors, pourquoi m'offusquer des histoires lestes de Douglas, puisque rien n'offense ma vue ? Au temps de mon enfance, il y avait dans les gazettes pour jeunes une rubrique intitulée « Petite Physique amusante ». Comment faire tenir un œuf en équilibre sur sa pointe, verser de l'eau dans un verre sans qu'il déborde, etc. Douglas considère-t-il toute coucherie comme relevant de la « physique amusante » ? « Tu es mon vide-couilles », lui arrive-t-il de me lancer aimablement. Ou alors il fait parade de son érudition très spéciale, convaincu que je vais l'admirer encore plus d'en savoir autant sur un sujet qui, d'après lui, intéresse hypocritement et en gros tout le monde.

« J'en ai fait, des observations ! Je peux te dire que je les ai classées, les femmes, par catégories... Il y a celles qui mouillent agréablement ; celles qui mouillent trop, et là tu t'y perds, tu ne sens plus ta queue ; il y a aussi celles qui demeurent si sèches qu'aucune huile n'y fait et que chercher à les pénétrer te fait mal au gland... »

Ses descriptions n'en finissent plus de ce que lui fait ressentir l'« origine du monde » – ainsi Courbet, le peintre, nommait-il le sexe féminin. Ce qui subsiste en moi de lucidité observe que mon amant m'associe à ses entreprises en disant « tu » ! Il ne parle pas seulement en son nom, mais également au mien, comme si j'y étais avec lui et que cela pouvait m'arriver, à moi, d'enfiler des femmes et d'en tirer du plaisir ! Il veut que j'entrevoie le sexe des femmes de son point de vue, me le faire embrocher, piner, défoncer, comme si je faisais partie de lui et que sa bite, par je ne sais quelle embrouille, était également la mienne. Ne me dit-il pas à l'occasion : « Elle est à toi » ?

Il me vient en réponse de le chevaucher en lui soufflant de mon haut : « Tu vois, là, c'est moi qui te prends ! » Il me réplique : « J'adore ! », pour, quelques minutes plus tard, me renverser sous lui en ajoutant : « Tu n'aimerais pas qu'il y ait une femme entre nous ?

– Je t'assure que non, rien que l'idée de ses seins, de sa fadeur, de sa mollesse me dégoûte... Crois-moi, j'ai essayé une fois ou deux quand j'étais jeune, et cela m'a suffi ! Je ne veux pas coucher avec une femme.

– Je suis sûr que maintenant ça te plairait. Tu sais quoi ? Tu la préparerais, tu la caresserais, et puis, au dernier moment, tu m'appellerais et je terminerais le travail ! Pour te faire plaisir à toi...

– Mais pourquoi me dis-tu des choses pareilles ? Ce sont tes fantasmes, pas les miens. Tu veux nous séparer, ou quoi ? Je ne comprends pas à quoi ces rêveries de partouzards t'avancent...

– À m'exciter », dit-il en me prouvant combien c'est le cas.

Rien d'aussi crûment exprimé ne m'était arrivé avant lui. Que ce soit Paul, Guillaume, François, le désir nous faisait pénétrer dans un univers silencieux, mystérieux, plein de précautions de langage et de gestes, de douceur, qui ne pouvait que déboucher sur l'amour. Pas n'importe lequel : l'amour le plus pur en même temps que le plus violent, l'amour mystique.

Si tel était notre but en nous jetant dans les bras les uns des autres, pourquoi cela ne s'est-il pas produit ? Au cours de notre cheminement, quelle marche aurions-nous raté ?

Celle de la sexualité ouverte et libre que la fière virilité de Douglas fait se dérouler devant moi tel un tapis rouge ?

En ce mois de juin, sachant les roseraies en pleine floraison, mon amant décide de nous emmener à la plus célèbre d'entre elles. Ce parc public se pare également d'une collection de plantes à bulbes, des iris, qui proposent, à l'instar des roses, une multitude de couleurs allant du brun rouge au bleu clair en passant par le jaune, le rose thé, le violet cardinal.

Certaines variétés offrent des fleurs d'une largeur impressionnante et Douglas s'exclame à la vue de leurs corolles aux pétales recourbés vers l'extérieur, presque indécentes d'autant exhiber leurs pistils : « Ce sont leurs organes sexuels ! Les fleurs, elles, ne font pas tant d'histoires pour ce qui est de mettre à l'air leur petit matériel : elles savent que l'important, c'est de féconder ou de l'être... »

Pour lui, la sexualité est partout et est-ce moi qui le pousse à continuer sur le sujet qui lui tient à cœur, ou bien se fait-il une joie spontanée et même un devoir de m'étaler ses connaissances ?

« C'est que j'en ai vu de toutes les couleurs, en ce domaine... Je crois que j'ai dû essayer toute la palette féminine, des Noires aux Jaunes en passant par les métisses. Je me suis surtout fait les brunes, c'est que je suis méditerranéen, et les blondes, je n'aime pas vraiment... »

Un démon m'incite à le pousser plus avant.

« Qu'est-ce que les brunes ont de plus que les blondes ?

— Tous les hommes te le diront : une qualité de peau, une sensualité... Mais les meilleures d'entre elles — sauf en ce qui concerne l'odeur —, ce sont les Noires, les Africaines : depuis l'enfance, on leur apprend à développer leur muscle vaginal. Ce qui fait que lorsqu'elles t'introduisent en elles, elles te serrent comme dans une main : jouissif ! »

Il pousse un « ah » dont je ne sais s'il s'adresse au souvenir de ses nombreuses « fiancées noires » — il a failli en épouser une, m'a-t-il confié — ou au magnifique iris tigré dont il respire l'arôme à plein nez.

« Sais-tu, lui dis-je, que les trois composants majeurs des parfums sont la rose, le jasmin et l'iris... Nous sommes gâtés, ici : nous avons les trois dans le même massif ! Pourquoi n'es-tu pas resté avec tes Noires ?

— Nous n'avons pas la même culture, et j'ai fini par m'embêter.

— Et les Asiatiques, elles non plus ne t'ont pas retenu ? »

Après tout, s'il est avec moi et s'il y reste, c'est qu'avec les autres il a dû se lasser, se dégoûter de quelque chose. Mais de quoi ?

« Les Jaunes n'ont pas de vraie sensualité ; d'ailleurs leur corps n'est pas aussi développé que celui des femmes des autres races, elles gardent une anatomie de fillette. Mais qu'est-ce qu'elles se rattrapent par les caresses ! Avec leur savoir-faire, leur technique, leur souplesse... Sur ce plan-là, je peux te dire que ce sont les femmes qui s'y connaissent le mieux et c'est pourquoi les hommes résistent rarement à une Jaune qui se propose ! Et puis, elles prodiguent toutes sortes d'attentions, de petits soins, comme pour rattraper ce qu'elles n'ont pas au physique avec leurs seins peu formés et le reste à l'avenant... C'est amusant, mais, à moi, ça ne suffit pas ! »

Me voici renseignée sur le troupeau dont, quoique j'en aie, je fais partie. Comme j'aime

enrichir mes connaissances en toutes choses
– mon père était un puits de science et j'adorais
l'entendre ! –, je devrais me réjouir. Pourtant,
l'énoncé que me fait Douglas de son catalogue
de corps féminins me rend mélancolique, comme
il advient lorsqu'on regarde un film porno.

Trop de chair tue le désir.

Mais qu'est-ce que le désir ? Où prend racine
celui que je ressens – en dépit de ce qui me
choque et même me blesse – pour cet homme-
là ?

« Tu es un collectionneur, lui dis-je, tu me fais
penser à ces gens qui épinglent dans des boîtes
vitrées toutes les espèces de papillons. Nabokov
en faisait partie.

– Ah, son *Lolita* ! Un roman qui m'a bien
amusé, quoique je ne sois pas du tout pédo-
phile. »

Au bout d'une allée, repliant sa longue queue
multicolore, un paon se réfugie à l'ombre d'un
érable.

« Sais-tu quels sont les plus beaux des animaux ? Ceux qu'on trouve représentés depuis
l'origine dans tous les arts, dont l'héraldique. »

Il y aurait donc pour lui autre chose que les
femmes ?

« Lesquels, dis-moi...

– Les oiseaux, les paons, les papillons...

– Ce sont en effet les êtres les mieux colorés de la nature...

– Les peintres le savent et les copient. Klein a dû prendre son bleu aux ailes d'un paon comme celui-ci... »

Bras étendus, prêt à battre des mains comme un enfant, Douglas s'avance vers le grand oiseau qui maintenant fait la roue. Pour lui, tout se retrouve sur le même plan : le sexe, l'esthétique, l'art et pourquoi pas la morale... Pour lui comme chez Baudelaire, « les parfums, les couleurs et les sons se répondent... » C'est un même enchevêtrement des sensations, à tel point que, si je n'y prends garde, je m'égare dans son discours comme dans un labyrinthe. En sortir ? Pour l'instant, je me demande si j'y ai ma place et, dans ce cas, à quel rang ? Ne suis-je que la dernière espèce de papillon qu'il a capturée et qu'il tente d'asphyxier de paroles avant de l'épingler parmi tant d'autres dans ses boîtes ?

J'aime imaginer que je suis l'atypique : celle qui entend, écoute, pardonne... Une différence d'avec les précédentes, dont il profite sans songer à m'en attribuer le mérite.

Le soleil est à son zénith, il fait trop chaud.

« Si on allait faire la sieste ? »

Douglas me prend par la taille. Je sais ce que
« sieste » – dont il a fait un mot de code – signifie dans sa bouche.

J'y souscris sans ambages : pendant ces
quelques moments hors du temps, je peux suivre
mon amant, le précéder aussi au cœur de cet
insondable mystère qu'est le sexe. Il l'est sans
conteste pour moi, mais ne l'est-il pas également
pour ce consommateur insatiable qui, à tant pra-
tiquer, croit témérairement qu'il sait ?

Me tombe sous la main un petit livre paru en poche et qui m'en apprend un peu plus long ! Autant sur moi, femme, que sur lui, homme. Il y est questions de ce qu'on appelle la « relation sexuelle » dont Jacques Lacan, théoricien de la psychanalyse, disait qu'elle n'existe pas. « Il n'y a pas de relation sexuelle », proclamait-il dans ses séminaires, par quoi il entendait que chaque sexe vit sa sexualité de son côté, avec ses propres fantasmes, ses propres besoins, son cheminement – qui parfois se trouve être parallèle, parfois diverge – vers la jouissance et l'orgasme.

Ce qui m'étonne le plus, c'est que nous ne savons à peu près rien sur ce qui fait de nous un corps, sur nos organes, en particulier sur nos organes sexuels. Pour en être informé, l'observation ne mène pas à grand-chose, il faut se renseigner à bonne source, c'est-à-dire : lire. C'est en feuilletant un livre d'obstétrique que, vers mes dix ans, j'avais découvert de quel « chou » venaient les enfants. Plus tard, Simone de Beauvoir a continué mon éducation sexuelle en me décrivant la particularité du sexe féminin et en m'en donnant le vocabulaire : vulve, clitoris, petites lèvres, grandes lèvres, vagin et *tutti quanti*... Des notions capitales qui pourtant ne s'apprennaient pas en classe, encore moins à la maison.

C'est une de mes condisciples qui, la première, m'avait mise au fait du coït : « On se fourre les bananes l'une dans l'autre », m'avait-elle chuchoté en ricanant dans l'escalier de notre si élégant cours privé – je nous y revois comme si j'y étais, tant la formule m'avait choquée. Non que j'eusse été en mesure d'y associer une image, mais parce que je l'avais jugée pour ce qu'elle était, vulgaire. Et je détestais la vulgarité.

En revanche, le petit livre que je suis en train de lire n'a rien de vulgaire, il est explicatif, et même, par moments, plutôt tendre. L'homme et la femme qui y dialoguent pourraient parler de la même façon émerveillée du pistil des fleurs. Là, c'est le clitoris qui les occupe, un organe qui, d'après eux, aurait tout de l'iceberg, car nous n'en voyons que la partie émergée :

LUI – Ma première surprise a été de constater que cet organe est beaucoup plus long que je ne l'imaginais. Le clitoris n'est pas seulement un petit bouton qui émerge à la jointure supérieure des deux lèvres, c'est un organe qui peut mesurer jusqu'à quinze centimètres en remontant vers le nombril. Le bouton visible qui ressort n'en est que l'extrémité, la partie émergée de l'iceberg, si l'on peut dire... Il s'étend sur une longueur qui s'enracine dans le corps en remontant depuis le pubis. La caresse le long de cet axe est très plaisante, semble-t-il, justement parce qu'elle touche à la partie cachée du clitoris. Sa dimension totale est donc à peu près celle d'un pénis...

ELLE – Imagine-toi que je n'en savais rien !

LUI – C'est surprenant, n'est-ce pas ? Dans la carte du système nerveux de nos anatomies comparées, le clitoris se présente comme l'équivalent du pénis chez l'homme. On peut donc se permettre des caresses très étendues, sur toute sa longueur.

Du fait de l'excitation, le haut des lèvres qui ouvrent sur le clitoris gonfle légèrement, ce qui permet de bien sentir le nœud de nerfs qui mènent au clitoris.

ELLE – Lequel est érectile !

LUI – Et peut être caressé de nombreuses et différentes manières. Je peux saisir le clitoris entre le pouce et l'index et le masser en allant et venant, tout simplement. Je peux bloquer un côté et masser l'autre, puis alterner. Il existe tout un éventail de sensations accessibles par le bouton et sur la longueur dissimulée du clitoris. Je sais qu'il est facile de négliger ce potentiel lorsqu'une femme est seule à s'y employer. À deux, il est plus naturel d'y accorder de l'attention.

LUI – Effectivement, au premier abord, l'huile de massage n'est pas nécessaire chez une femme, mais elle peut être utile pour amorcer l'excitation. Qu'elle vienne difficilement, ou parce que le désir n'est pas tout à fait là, ou que le vagin produit peu de sécrétions, l'huile permet de surmonter ces obstacles.

ELLE – Quelles sont, d'après toi, les autres zones sensibles ?

LUI – Les lèvres elles-mêmes. Avec l'excitation, elles s'ouvrent et se gonflent, leurs rebords regorgent de terminaisons nerveuses prêtes à accueillir les caresses. Les lèvres peuvent être touchées avec la paume entière, ou simplement avec deux doigts pour en suivre le contour dans chaque sens. Toujours sans pénétration...

J'ai pu aussi remarquer que le fait d'alterner un contact léger, presque un effleurement, avec un contact lourd, par la paume entière, produisait dans les sensations un contraste qui semble tout à fait bienvenu.

ELLE – Je confirme ! Il est bon d'alterner les caresses légères avec d'autres plus fortes, presque violentes... Pour une femme, il est difficile d'estimer le moment précis où est atteint le point de non-retour... Je suis souvent prise à l'improviste et emportée malgré moi par la vague orgasmique !

LUI – Cette image de la vague me semble la plus juste. Comme pour que se lève une vague, le plaisir sexuel a besoin de temps afin de se répandre dans le corps de la manière la plus extensive et profonde possible.

LUI – Parlons aussi du sperme : si on y réfléchit bien, du point de vue de l'évolution, c'est la matière la plus précieuse que le corps masculin se doit de produire, sa première mission étant de procréer. De ce point de vue, l'intégralité du corps masculin peut être considérée comme une enveloppe à sécréter du sperme, le cerveau n'étant qu'un outil servant à trouver la partenaire sexuelle la plus adéquate pour procréer.

Mais la production de cette matière si précieuse, ce « fleuve jaune », selon le tao, demande une énergie folle, et il est évident que lorsqu'on la fournit, on se sent vidé ! D'où l'épuisement qu'on peut ressentir.

ELLE – Beaucoup de femmes en viennent à dire : « Donne-le-moi ! » Elles le veulent, ce liquide, car elles aussi le ressentent comme très précieux, même si elles n'ont pas du tout pour objectif d'être fécondées. Et les hommes de répondre : « Prends-le ! » Comme s'il s'agissait d'un cadeau...

LUI – Oui, c'est bien un cadeau.

ELLE – Je peux imaginer qu'un homme ait le sentiment, quand cette part précieuse de lui-même le quitte, qu'elle lui est prise... Le ressent-il comme une perte, voire un vol ? En éprouve-t-il du regret ?

LUI – Je sens en effet que quelque chose de moi a été pris. Par elle... »

Un ouvrage d'intérêt public que je compte faire lire à Douglas !

C'est tout doucement, au lit, que la fantaisie vint se glisser entre Douglas et moi.

On sait bien que, dans le tête-à-tête amoureux, il n'y a plus de lois, plus de morale, plus d'interdits, du moins venus de l'extérieur. Ce sont les partenaires eux-mêmes qui inventent leurs règles, souvent des plus singulières, et s'occupent de les imposer, de les faire admettre et respecter par l'autre. Et ce filet de *permis/pas permis*, dans lequel le couple se trouve enserré comme dans celui d'un oiseleur, change sans arrêt... Il suffit que l'un dise « Pouce ! », ou que l'autre ait un caprice, une idée nouvelle, et hop ! la pièce change de ton pour se faire ce qu'elle n'était pas jusque-là : drame, comédie, farce, fable, opéra... ou rien du tout ! C'est fini. On tire le rideau : adieu, toi et moi !

Cette insécurité de l'amour, doublée d'un formidable élan vers « autre chose », l'inventivité, la découverte, je la ressentais avec Douglas comme avec aucun autre homme avant lui. Est-ce parce qu'il craignait de se laisser figer par l'habitude qu'il me désorientait ainsi, ou dans l'espoir de me pousser à bout pour... Pour quoi ? Que je lui prouve la vastitude de mon amour – ou que je le laisse tomber en lui rendant une liberté dont en réalité il ne savait que faire, mais qu'il craignait terriblement de perdre ? *Je m'suis fait tout petit devant une poupée qui ferme les yeux quand on la touche...*, chante Brassens. Douglas n'aurait voulu à aucun prix se faire tout petit devant qui que ce soit, et encore moins devant moi.

« De quoi as-tu envie ? me demande-t-il alors que nous sommes en pleine action.

– Mais de toi...

– Surtout ne me dis pas ça, cela ne m'excite pas. Au contraire, cela me fait débander, c'est tellement réducteur...

– Alors, que veux-tu ?

– C'est simple : dis-moi ce qui t'excite, toi... Tu as sûrement des fantasmes, toutes les femmes en ont, les cachottières... Allez, vas-y... Tu te racontes quoi, pour accéder au plaisir ?

– Je ne sais pas, j'ai oublié, c'est qu'avec toi cela ne m'est pas nécessaire... »

Nous sommes au lit, il est sur moi, en moi, et je m'aperçois qu'il risque de mollir et de se détacher. Il se redresse sur un coude :

« Je n'y arriverai pas, si tu ne me dis rien... Trouve quelque chose, invente si tu n'as pas d'idée... Qui voudrais-tu, là, en plus de moi : une femme, un homme ? »

Je fais effort, déroule un écran de cinéma dans ma tête, y fiche un personnage quelconque.

« Peut-être un homme !

– Ah, c'est bien, et il est comment ? »

Me voici transformée en femme soumise, en fille de joie inventant – sans joie, pour autant – une scène où un homme dépourvu de visage, mais le corps vigoureux, me force à ci, à ça... Tiens, comme dans *Histoire d'O* : il me prépare pour me donner à un autre qui serait mon maître.

Douglas s'en repaît :

« C'est bien, ça, continue, et il te fait quoi ? Ah... Oh... Attention, ça vient, j'arrive... »

Effectivement, il trouve son compte à ce cinéma, sinon moi le mien.

« Cela lui passera, me dis-je ; il est bien connu que le désir se lasse et qu'il faut lui redonner des ailes... Certains, certaines, aussi, ont besoin de caresses nouvelles, d'autres de coups ; lui, il lui faut des mots, que dis-je, des images... »

Reste qu'il fallut recommencer. Il me trouvait « douée » et, avant même qu'on s'y mette, me demandait d'un air gourmand : « Quel scénario vas-tu me proposer tout à l'heure ? Prépare-le... »

Je finis par introduire entre nous une femme, et même deux. Et à nos aides-à-jouir il fallut trouver des corps, des visages, des fonctions sociales. La plupart d'une grande banalité : c'était le plombier, le jardinier, la manucure...

Je levais mentalement les yeux au ciel, mais Douglas me remerciait de ma collaboration avec un tel enthousiasme que je me disais : « Si c'est ainsi, s'il faut en passer par là, ce n'est pas bien grave... D'ailleurs, que sais-je de ce qui se pratique chez les autres couples... La plupart n'en parlent pas, ou si rarement, ou si peu, mais tous ceux qui durent en font sûrement autant, chacun à sa manière... Sans compter ceux qui vont carrément à l'acte pluriel afin de s'entretenir et de se satisfaire : les échangistes, les partouzeurs... »

Mais là était ma limite. Je pouvais accepter le dévergondage dans l'imaginaire, puisque le désir masculin a besoin d'images – sinon il n'y aurait ni strip-tease, ni cinéma porno, ni même bordels, entre autres machineries –, mais jamais, au grand jamais je ne passerai à l'acte. Fût-ce pour garder mon amant.

J'aurais préféré me faire nonne ! À ce que je crois.

Parfois Douglas me fait peur. Non que je craigne qu'il m'assaille physiquement, ses gestes envers moi sont d'une douceur et d'une délicatesse qui contribuent à m'attacher à lui. Mais quelle anecdote scabreuse, quel aveu va-t-il encore me sortir qui risquent de mettre en cause, en tout cas dans l'immédiat, ce qui nous rapproche et nous lie ?

Je connais les prémisses de ses débordements : il se met à arpenter la pièce où nous sommes comme pour contenir l'éruption qui menace. Pour lui faire savoir que j'ai pour ma part tout mon sang-froid – et tenter de me le faire accroire ! – je m'étale sur un lit, un divan, un siège, une jambe repliée, le bras sur un dossier. Souple, relaxée, contractée à l'intérieur : j'attends le coup ! Le voici. Il s'agit d'une femme, mariée, qu'il a tenu à me faire connaître comme une « amie » de longue date.

– Tu sais, Laurence, j'ai été avec elle. Nous avons même vécu ensemble.

Choc à la poitrine : « Et tu viens de me la présenter, comme si de rien n'était ! Mais pourquoi ?

– Parce qu'elle est gentille et qu'elle me rend des services.

– Pour autant, était-ce la peine de me mettre au courant de votre aventure ?

– Pourquoi pas ? Je n'aime pas mentir et cela n'a rien à voir avec toi, c'est si lointain, c'est oublié...

– La preuve que non puis que tu t'en souviens encore, et pour moi, puisque tu m'en parles, c'est du présent !

– Tu es vraiment d'une jalousie pathologique ! »

Il s'est arrêté d'aller et venir et me considère comme une aberration. Si je n'avais pas cette vieille douleur qui se réveille dans ma poitrine, le cœur qui accélère, ce sentiment d'abattement, une petite voix qui me souffle : « Tu vois, rien n'est possible avec un homme, rien ne va, rien n'ira jamais... », je pourrais rire. Là, je tente de contre-attaquer, ne fût-ce que pour utiliser mon adrénaline et même si cela risque de faire empirer la situation...

– C'est que de l'imagination, justement, j'en ai : maintenant je vous vois ensemble, au lit, je me demande comment tu l'as prise, votre premier baiser, quel genre de caresses elle te faisait. Celles que tu me demandes, ou alors d'autres ?

– Mais tu es obsédée, pourquoi penses-tu à ça ?

Il a le regard effaré, candide, de l'innocence ! L'obsédé sexuel, à son sens, ce ne saurait être lui...

– Parce que je t'aime et que j'aurais voulu que ce qui se passe, s'est passé entre toi et moi, soit unique et non pas comparable, et comparé...

– Qui compare ? Pas moi en tout cas !

– Laurence, déjà ! Lorsqu'elle me regarde elle doit se poser les mêmes questions que moi : comment couchons-nous ensemble, ce que tu me trouves qu'elle n'avait pas puisque entre vous cela n'a pas duré... Pourquoi, au fait ?

– C'est que j'en avais trouvé une autre, que j'ai préférée ! Elle avait d'autres atouts...

Là, il s'enferre. « Et où elle est cette plus récente ? Elle aussi tu vas me la présenter ? »

– Je l'ai perdue de vue.

– Et pourquoi pas Laurence ?

– Le hasard : on s'est retrouvés dans les mêmes lieux et après que je t'ai emmenée chez elle tu m'as dit que tu l'avais trouvé sympathique.

– C'est bien ce qui me blesse : l'idée que cette gentille femme, qui aurait pu être pour moi une amie, en sache autant que moi sur toi ! Qu'elle

connaisse ton corps, la façon dont tu râles, ...
Que nous te partagions en quelque sorte... Quand
je me rappelle son regard allant de toi à moi, je
me dis qu'elle devait évoquer des séances qu'autrement elle avait dû oublier... Cette complicité
d'alcôve, dont tu viens de m'informer, nous
réunit, elle et moi, en même temps qu'elle
m'éloigne de nous deux. »

Douglas reprend son va-et-vient, mains dans
les poches, yeux lançant des éclairs. Serait-ce de
rage ou de plaisir à l'idée de ces femelles qui
s'entrechoquent en son nom !

Je voudrais le blesser à mon tour, ne fût-ce
que pour l'éclairer sur mes sensations, qui
semble totalement lui échapper : « Jusque-là, je
ne t'ai jamais présenté un homme avec qui j'ai
eu des rapports. Et si c'était le cas, qu'on en
rencontrait un par hasard, je ne te le dirais
pas... »

Que n'ai-je sorti là ! Il explose : « Autrement
dit, tu me mentirais ! Mais c'est terrible ! Abo-
minable ! » Offensé, il lève les bras au ciel :
« Maintenant, chaque fois que nous verrons
ensemble un homme que tu connais, je me dirai :
« Elle a peut-être couché avec ! » Je ne serai plus
jamais tranquille si je sais que tu peux me cacher
des choses, je ne pourrai plus avoir confiance en
toi. En rien ! »

Il exagère sa colère, il le sait et je voudrais pouvoir en rire, mais je n'y arrive pas : « Alors tu préfères que je te dise : celui-là a été mon amant ?

– Oui !

– Et cela ne te fera rien ?

– Nous en rirons ensemble.

– De quoi ? De cette sorte de partouze – comment le dire autrement ! – que nous formons en pensée avec nos coucheries anciennes, nos amants et nos maîtresses d'autrefois, en même temps toujours présents ! »

C'est franchement qu'il a l'air ahuri, d'ailleurs il reste sans voix. J'en profite : « Tu ne comprends rien, aux femmes en tout cas. Tu peux en pénétrer autant que tu veux, tu leur restes extérieur, étranger... Allez viens que je t'embrasse. Je vais essayer de m'habituer à cet extra-terrestre que tu es pour moi.

Quelle tendresse je ressens pour lui, si enfantin dans ce qui m'apparaît comme un délire et qui est sa réalité.

– Tu sais, je t'aime, dit-il, en s'approchant de moi, je n'ai jamais ressenti avec une autre ce que je ressens avec toi.

Cette déclaration, qui m'assure que ce manœuvrier ne l'a pas faite à la plupart des

autres ? Je tente une honorable sortie de combat :
« Au fond, toute ta vie, tu t'es bien amusé ! »

Il éclate de rire, à nouveau à son aise : « Et comment ! »

Il me prend la main, puis la bouche.

Je me laisse faire, apaisée de le sentir contre moi : ce moment n'appartient qu'à nous seuls. Il serait sage que je cesse de le vouloir tout à moi, aucun être n'appartient à un autre : je n'ai que moi, je ne dois m'occuper que de moi. Pour qu'il me trouve enfin légère, « cool », comme disent les jeunes.

Et eux, les gosses d'aujourd'hui, sont-ils heureux à coucher à droite et à gauche dès leur plus jeune âge en couples interchangeables, en groupes serrés, sans se soucier, semble-t-il, de qui entre et sort de leurs corps ? Mais ont-ils la moindre idée de ce que peut-être le bonheur amoureux ?

Il me semble que j'en ai une. Je vais la protéger, comme une fleur délicate que l'on conserve en pot à l'intérieur de la maison et qui ne fleurit que pour soi.

« Ô triste, triste était mon âme », disait Verlaine.

« Mon amour », souffle Douglas en me couvrant de son corps proposé, donné à toutes. Dont moi.

Quand il a ce petit sourire, intérieur et complice, je sais qu'il se prépare à m'en sortir une bien bonne.

« Sais-tu quelles sont les femmes les plus difficiles à conquérir ?

— Les fidèles, les stars, les très belles, les top-modèles...

— Non.

— Alors les intellos, les enceintes, les chastes...

— Tu n'y es pas du tout ! Celles-là, il suffit de leur dire les mots qu'il faut...

— Et tu les trouves ? »

Il se touche le nez.

« J'ai mon flair qui me guide, et puis l'expérience.

– Alors, lesquelles te résistent, les salopes ?

– Les boudins !

– Tu te moques...

– Pas du tout ! Les petites moches, mal fago-
tées qui craignent que tu te moques d'elles, parce
qu'elles ne sont pas de ton milieu, qu'elles sont
moins sollicitées que les belles ! Ce sont celles-
là qui se font réticentes. Au lieu de profiter de
leur chance d'avoir attiré mon attention, comme
elles se sentent mal à l'aise, elles cherchent à se
faire désirer, elles font des manières : c'est leur
vengeance !

– Tu ne vas pas me dire que celles que tu
appelles les boudins seraient les seules femmes
à ne pas aller vite au lit ?

– Elles y vont, mais pas avec des hommes
comme moi ! Avec des types de leur milieu, qui
roulent des mécaniques, le front bas, le langage
élémentaire, qui leur sortent des plaisanteries
éculées – elles adorent – avec ceux-là elles ont
moins de complexes et elles couchent tout de
suite ! Mais un homme tel que moi doit ramer !

– Mais pourquoi cherches-tu à les séduire
puisque tu les trouves moches, sans intérêt, et
que tu sais d'avance que tu les lâcheras dès que
tu auras consommé ?

– Mais parce que c'est difficile, que je dois
me donner du mal... Dépenser du temps, de

l'imagination. Du coup, lorsque j'y suis parvenu, j'ai la satisfaction de me dire qu'aucune ne me résiste ! Pas même les moches ! Donc je suis performant !

– Mais dans quel domaine ?

– Tu ne peux pas comprendre ! Il n'y a que les mâles pour comprendre : c'est le plaisir incommensurable de la chasse. De la chasse à la femme !

– Tu veux dire de la chasse au trou !

Je suis furieuse, j'ai les oreilles en sang.

Le monstre, mon indignation le fait rire !

Nous marchons sur la plage à l'heure où le soleil couchant se vautre, énorme, dans du rouge, du mauve orangé, du vert bleu... J'ai les yeux charmés, l'esprit en roue libre.

Pas Douglas.

« Et si on les invitait à dîner ?

– Qui ?

– Mais Laurence et son mari ! »

Nous sommes en villégiature, près de la ville où le couple a sa maison de vacances. Dans le coin, nous ne connaissons que peu de gens, pourquoi pas voir ceux-là ?

« Tu y tiens ?

– Écoute, je sais qu'ils t'apprécient... »

Douglas les a donc revus, sans me le dire, et ils ont parlé de moi. « Eux sont tout à fait d'accord !

195

– Et toi ?

– Cela me ferait plaisir. »

Ce que cela risque de me faire à moi, le fait de me trouver en présence d'une femme avec laquelle mon amant a vécu, partagé des bonheurs de jeunesse, des rêves, des projets qu'il n'a plus l'âge de faire, ne le préoccupe pas. Peu lui importe – c'est mon affaire, non la sienne ! – ce que je peux imaginer d'un temps qu'il a l'air de regretter ; quelque chose en moi se délite, cède... Et puis autant aller jusqu'au bout de la route : il doit bien en avoir un, quel qu'il soit. « Bon, si tu veux...

– Tu n'as pas l'air enchantée ?

– Douglas, nous avons eu notre conversation au sujet de Laurence, je n'ai pas envie de la reprendre. Et puis, j'ai réfléchi, je ne tiens pas à te priver de ton passé. Tes ex sont en quelque sorte ton « trésor de guerre »... Ce serait te couper d'une partie de l'humanité... De la gent féminine en tout cas... En plus, elles resurgiraient de partout, comme des spectres...

– Tu n'es pas gentille ! Elles ne sont pas toutes mortes, bien qu'il y en ait...

– Alors comme des lucioles, des lumières dansantes sur tes étangs...

– Je sais où l'on ira, dans ce restaurant que tu aimes et qui donne sur la mer. Ça te va ?

– Très bien, allons-y. »

Que vais-je pouvoir me mettre. Il s'agit que je fasse bonne figure, si possible, que j'éblouisse, que je sois plus qu'à mon aise : régnante !

Je ne me livre pourtant plus aux jeux de rivalité. Il me semble que le goût m'en a passé avec ma prime jeunesse : les autres femmes, je les rencontre avec plaisir, les observe, finit même par m'attacher, les aimer... Pourquoi pas cette Laurence et son époux ?

Une colère intérieure, profonde, me tient quand même, sinon je ne ferais un tel effort de toilette et de maquillage. Au moment de sortir, Douglas me lance un regard appréciateur : il a besoin d'être fier de moi ! Si c'est le cas aujourd'hui, tant mieux, c'est à lui que j'ai envie de plaire, non aux autres.

Il n'est pas besoin d'être grand clerc, en fait il suffit d'être femme pour imaginer quel genre de regard nous échangeons Laurence et moi. Cette « garce » – qu'elle n'est pas en réalité ! – doit s'imaginer que je ne sais rien de ce qui s'est passé entre elle et mon amant. Ce qui la réjouit. Une vague venue de mon tréfonds m'avertit que je vais la mettre au courant... Je ne veux pas qu'on me prenne pour une idiote, une inconsciente, une « pas au fait » ! En somme une abusée...

Je suis venue en connaissance de cause, de plus j'ai le beau rôle, me dis-je pour me réconforter, puisque je suis « l'actuelle ». (À moins qu'elle n'imagine en sous-main un retour de flammes... C'est qu'elles sont comme ça : qu'on leur prenne fût-ce un ex-amant, oublié et elles voudraient, rien qu'une fois remettre la main dessus. Pour se prouver qu'elles restent « puissantes », avec leur antériorité...)

« Tu vas voir si tu l'es, salope ! » me dis-je pour me donner du cœur.

C'est en allant ensemble aux toilettes que j'attaque.

« Vous savez Laurence, je suis très heureuse avec Douglas, toutefois je me demande si cela va pouvoir durer...

— Pourquoi dites-vous ça, dit-elle en sortant un peigne de son sac, il vous adore, cela se voit...

— Pour l'instant, oui. Mais il en a adoré tellement, il n'en connaît même pas le nombre, en tout cas des centaines... Il me dit qu'il n'y a rien de plus facile que de séduire une femme, et s'il n'y arrive pas du premier coup, il s'obstinera jusqu'à ce qu'il y parvienne... Ensuite, cela ne l'intéresse plus, il les saute, puis il s'en va, oublie... Sauf pour le raconter et il m'en a dit, sur celles avec qui il a été, avec les détails... »

198

Il semble qu'elle rougisse.

Je la dévisage à travers la glace : « Vous savez, cela m'amuse plutôt ! Douglas est un observateur de premier ordre, il aime juger, comparer... Il a même un carnet sur lequel il a noté ce que chacune vaut au lit... Ce qu'elle lui a procuré comme plaisir. »

Et pour montrer mon détachement face à ce que je connais pour désormais le partager avec lui, j'ajoute en riant :

« Avec les dates, les initiales... »

Est-ce une illusion, due à l'image dans le miroir, Laurence me paraît un peu blême, comme décomposée. Ma revanche ? Il n'y en a pas en ce domaine, l'amour vécu ne s'efface pas, la preuve, Laurence repense au leur... Quant à moi, mon reflet me semble devenu flou, prêt à disparaître. Je murmure, – est-ce pour me faire pardonner ma perfidie ? : « Un jour, ce sera mon tour, moi aussi je serai dans le carnet !... »

Quand nous retournons à la table, le regard de Douglas, qui va de l'une à l'autre, me paraît perplexe. Que nous sommes-nous dit pour être aussi graves, presque absentes... A-t-il eu raison de réunir l'ancienne et la nouvelle ? Que va-t-il en sortir en ce qui le concerne ? La vie amoureuse recèle tant de mystères, de ruines et de reprises...

Dès que je côtoie un être d'un peu près, je finis par déchiffrer son mode de fonctionnement. (J'ai dû, tel Fabre, être entomologiste, dans une autre vie...) Et assister aux manœuvres de Douglas pour séduire n'importe qui, de n'importe quel âge, m'en apprend long sur l'un des comportements fondamentaux de l'être humain : le sexuel, lequel nous vient de l'animal. C'est à ses débuts sur la planète que la vie a conçu le rut en vue de la conservation des espèces. À notre époque dite de civilisation, si l'on n'y prend garde, des traces en subsistent et s'activent dans notre cerveau limbique.

« Manège », me dis-je, tout en sachant que mon amant n'apprécierait pas que je lui applique le mot. Pourtant, chez lui, il s'agit sans conteste de manœuvres tactiques tant le déroulement de l'opération est ritualisé dans toutes ses phases... Comme il ne s'est pas privé de me le raconter, dans le détail et par le menu, je peux en faire autant :

« 1° – Tu repères ta "proie", avant qu'elle ne t'ait vu. (Comme toujours il me dit "tu" quand il me narre ses hauts faits... Pour me désarmer en m'y associant ?) ;

2° – Ensuite tu as deux possibilités : tu fais comme si elle ne t'intéressait pas, mais pas du tout... C'est le plus efficace avec les femelles qui s'en croient : te comporter comme si tu ne les avais ni vues ni remarquées, tu as le regard qui glisse, se fixe au-dessus d'elles, à côté... Ou au contraire : tu fonces sur elle ! Je l'ai souvent fait dans la rue, quand j'étais plus jeune : « S'il vous plaît, madame, mademoiselle, je n'ai qu'un quart d'heure à vous consacrer, voulez-vous en profiter ? »

Moi : – Tu ne vas pas me dire que cela marche ?

Lui : – Plus souvent que tu ne crois ! Si elle paraît trop sur la défensive, peu délurée, j'entreprends un autre jeu : je tâche de percer à jour sa personnalité en relevant un détail concernant son physique, sa façon de se tenir, de bouger... je l'intrigue : je lui parle d'elle ! La suite *ad libitum*, selon le jour et l'inspiration.

— Et ça marche aussi ?

— Parfois la fille s'enfuit, mais la plupart du temps, le rendez-vous n'est pas loin. Si elle est de ton quartier, et que tu n'en as pas rencontré d'autres entre-temps, tu fais en sorte de te trouver sur son passage plusieurs jours d'affilée... Pas d'agression physique, bien sûr, tu ne touches pas : tout est dans les mots, la parole, le regard, le sourire... »

Et le désir ! Douglas sait très bien se donner l'apparence du désir – ce qui finit chez lui par en déclencher un bien réel, car ce qui l'« excite », comme il dit, c'est de se voir faire ! Il se regarde en train de poursuivre sa tête de bétail, envisage d'avance la capture, le dépeçage. *Qu'y a-t-il à l'intérieur d'une noix quand elle est ouverte ? On la croque et puis c'est tout...*

« Si tu savais comme il m'est arrivé de me conduire avec ces bécasses, quand elles finissent par céder... »

Et de m'en informer sans scrupules. Parfois elles se rendent trop vite à son gré, son plaisir est alors plus mince : « Il y en a une, elle m'a suivi à la première invite et je ne l'avais pas plus tôt trombinée dans mon studio – je ne m'étais même pas déshabillé ; elle, à peine – que je me relève et lui lance d'un air sévère : "Vous n'avez pas honte de tromper comme ça votre mari avec le premier venu ? (Elle portait une alliance.) Vous me dégoûtez... Partez !" Tu l'aurais vue ! Elle me traitait de tous les noms en remettant ses chaussures, son manteau, en reprenant son sac, puis la porte ! Et plus elle écumait, plus je riais. Tu vois, j'en ris encore ! »

Pas moi.

Il est bien évident que savoir mon amant prêt à tout – bien qu'il déclare que cela lui a passé – ne me donne pas grande confiance dans sa fidélité à notre relation. Se livrer à son jeu favori peut le reprendre n'importe quand, comme le goût de la drogue chez un ancien *addicted*. Aussi ses récits m'ont-ils mise sur le qui-vive.

Non sans raison.

À un dîner chez des amis, il est assis à côté d'une femme ni jolie ni moche, ni jeune ni âgée, que l'apéritif plus un verre de vin ont rendue luisante, quelque peu débraillée de corsage comme de propos.

Douglas n'a pas manqué de s'en apercevoir. Ce qu'il y a de curieux entre mon amant et moi, c'est qu'il ne s'imagine pas une seconde que je vois les mêmes choses que lui, parfois même avant lui, dans bien des domaines, dont celui des rencontres. Alors qu'il se croit impénétrable, impénétré, pauvre chou...

Commence alors – et je l'avais prévu – la manœuvre : mon séducteur débute en s'adressant à une autre femme, de l'autre côté de la table, qui ne l'intéresse nullement, puis à son voisin, puis à moi, et ce n'est que tardivement qu'il a l'air de prendre conscience de la présence de son appétissante – ou qui se veut telle – voisine. Laquelle a essayé à plusieurs reprises de s'introduire dans la conversation en haussant le ton... Tout à coup, alors qu'elle commençait à désespérer de capter son attention, il se tourne vers elle, appuie un coude sur la table, la fixe dans les yeux et se met... à la contredire ! D'une voix douce, pour lui faire baisser le ton et rendre leur échange intime, presque chuchotant... J'entends toutefois qu'il lui expose ci et ça, d'abord sur la politique, l'actualité, puis lui donne des conseils de vie, de santé, de métier, de diététique, il met même sa main sur son verre pour l'inciter à arrêter de boire, s'intéresse au pendentif qu'elle porte entre ses seins, le touche...

C'est exaspérant et je m'exaspère, car, bien entendu, le « manège » est en train de porter ses fruits. Ils ne se trouveraient pas en compagnie qu'elle serait déjà dans ses bras – elle est femme seule, comme elle n'a pas manqué d'en faire état, et donc bonne à prendre. Du coup, je crois voir sauter tout seuls les boutons de son corsage ouvert sur sa poitrine saillante.

Soudain me vient l'envie d'en faire autant ! *Tu quoque...* Je me tourne vers mon voisin, entreprend de le questionner sur qui il est, aussi sur ce qu'il a dans son assiette, si le goût lui en plaît... Comme il me répond aimablement, je fais virer ma chaise de son côté, dos à Douglas, pour me livrer à mon tour au *manège* qui consiste à paraître fasciné par qui l'on vient de rencontrer !

Au fur et à mesure que j'applique à la lettre le protocole que m'a si obligeamment décrit Douglas, je constate que, pour séduire, rien n'est trop gros ! N'importe quelle manœuvre fonctionne dès qu'on a l'énergie de s'y livrer, fût-ce avec la plus complète mauvaise foi ! Car cet homme ne me plaît guère et je dois me forcer pour trouver quelque attrait à son front fuyant, à ses dents jaunies, à ses cheveux rares, à ses mains qui, par nervosité, tapotent du petit doigt sur la table. De plus je suis convaincue que son odeur ne me conviendrait pas...

Toutefois, je poursuis l'expérience. Moi aussi je pose mon coude sur la table, me penche de plus près vers mon voisin comme si j'étais intriguée par lui, souris et ris à la moindre de ses réflexions... À mon propre étonnement, sans doute parce qu'il est flatté, caressé dans le sens du poil, voici qu'il me devient moins déplaisant : quelque chose en lui s'ouvre – ce qui ne doit pas lui être fréquent –, s'épanouit, même, au point qu'il en devient touchant, presque désirable... En tout cas acceptable, si l'occasion s'en présentait. Oui, je pourrais coucher avec ce quasi-inconnu, comme Douglas l'a fait maintes et maintes fois avec des bécasses anonymes, car tout être, quel qu'il soit, possède un « fond », lequel, lorsqu'il permet qu'on s'en approche, y accède, le rend aimable. Au sens le plus large du terme : digne d'être aimé.

C'est si vrai que je me retrouve une main posée sur la cuisse de mon voisin – lui aussi a tourné sa chaise vers moi – en train de lui demander quelle est son adresse mail pour que je puisse lui envoyer le titre exact du roman dont je viens de lui parler... Qui dit mail, dit contact, téléphone et *tutti quanti*... Il sort un stylo de sa poche, qu'il me tend, moi mon agenda de mon sac pour y inscrire son nom et le moyen de le joindre.

C'est fait : j'ai réussi, j'ai accroché, j'ai « séduit ». La suite (ou non) dépend de mon bon gré.

Quand je me retourne vers Douglas, il n'a plus aucun contact avec sa voisine. Les yeux sur son assiette, il absorbe ses raviolis – fort bons, ma foi – qu'il avait délaissés jusque-là.

Quant à elle, elle s'est remise à boire...

Ma comédie, faite à son intention, n'avait pas
échappé à mon amant, et, dès la voiture, c'est
l'assaut ! Non sous forme de scène, car son
astuce consiste à d'abord prendre ce qui le
dérange sur le ton de la plaisanterie.

— Alors, il te plaît, ce grand échalas, comment
s'appelle-t-il déjà : Gilles ? Vous aviez l'air de
bien vous entendre...

— C'est un garçon qui a de la culture, nous
avons parlé livres, théâtre aussi.

— Il t'emmène quand ?

— Où ça ?

— Mais je ne sais pas, moi, au spectacle, à
l'Opéra, au restaurant, dans son lit ! C'est encore
le meilleur lieu pour parler de ce que tu appelles
culture, et qui en l'occurrence devrait plutôt
s'abréger en « cul » !

– Pourquoi es-tu grossier... ? Tu n'as pas apprécié ce dîner ?

Je me retiens d'ajouter : « Ainsi que ton commerce avec ta voisine... ? » Je ne voudrais pas entrer dans son jeu de massacre, mais l'amener à prendre conscience de ce qu'il y a de déplaisant, pour la femme ou l'homme avec qui l'on est en couple, de voir son partenaire se tourner en public vers quelqu'un d'autre. Inélégance, coup bas...

Ce serait une première étape, la suivante consistant à lui faire admettre – est-ce demander l'impossible ? – que séduire est une affaire simple et à la portée de tous ! Il suffit qu'on s'y décide – comme d'arrêter de fumer – et qu'on s'y attelle... Succès garanti, échec rare. La preuve : lui comme moi y sommes facilement parvenus, ce soir, chacun de notre côté.

La voiture rentrée au garage, nous à la maison, le calme n'est pas revenu : au contraire, sa colère a grossi et monte maintenant jusqu'à la force 8/9... Parviendrons-nous sans sombrer à contourner notre cap Horn ?

Je savais que j'allais vers l'épreuve et je m'y suis préparée, aussi je me cramponne tandis que Douglas poursuit, dents serrées, faussement rigolard :

« Tu aurais vu la tête des autres convives quand vous avez échangé vos adresses, avec des mots doux, je présume, genou contre genou... Dans ma vie, j'ai vu des femelles mal se conduire en public, mais toi, ce soir, c'était le pompon ! Tu avais bu, ou quoi ?

— C'était plutôt ta voisine qui avait bu, non ?

— Ma voisine, qu'est-ce qu'elle t'a fait, ma voisine ? Ah, je vois, tu étais jalouse ; dès qu'une femme s'intéresse plus de quinze secondes à moi, tu entres en transes ! Je n'ai fait que la faire rire, c'est une fille gaie, on s'amusait, ce qui n'est pas si fréquent, mais je n'ai pas pris son adresse, moi ! D'ailleurs, elle ne me l'a pas proposée, ce n'est pas une pute, cette femme-là... Toi, tu n'es vraiment pas sortable ! Tu me fais honte... »

Nous sommes dans la cuisine où l'eau chauffe pour une infusion tardive et censée être lénifiante. S'entendre traiter de « pute » ou de « salope » est le lot commun des femmes dans les scènes de ménage, de rue, alors qu'il n'y a pas d'équivalent pour les hommes. « Salaud » n'est pas « couche partout », et « putain » ne convient, dans les pires cas, qu'aux homosexuels.

Soudain je ne supporte plus cette injustice. Je ne me sens ni pute ni soumise, et mon vernis de

211

sang-froid s'écaille : la fureur m'envahit, issue de ce ventre même qu'il cherche à blesser, et je me retrouve avec le couteau à découper à la main.

« Tire-toi, je ne veux plus t'entendre ! »

Mon ton est si glacial que, pour la première fois de notre vie commune, je lui fais peur. Je le lis dans son regard et cette scène m'en rappelle une autre : il y a longtemps, l'homme avec qui je vivais depuis peu m'avait faussement accusée d'avoir manifesté trop d'intérêt, à table, à son meilleur ami. Nous étions en voiture, mon amant conduisait, j'ai posé ma main sur la poignée de la porte et je l'ai ouverte pour me jeter sur la chaussée... Effrayé, il m'a rattrapée comme il a pu. Mais une fois rentrés, il m'a giflée. Notre relation s'est alors brisée net, je l'ai su au fond de moi, et la séparation a suivi de peu.

Là, je n'ai pas envie de rompre avec Douglas, car je ressens notre lien comme véritable, profond et même vital pour lui autant que pour moi. Mais il est indispensable que cet homme prenne conscience qu'il doit respecter et non pas piétiner ce qui nous lie jusqu'à le gâcher puis le détruire, comme il l'a fait avec d'autres.

Le couteau que je brandis est là pour lui signifier qu'à tout instant je suis capable de trancher ce qui nous tient ensemble, s'il le dédaigne comme il l'a fait ce soir. Et cela, malgré la douleur.

La violence des femmes, de toutes les femmes niées dans ce qu'elles offrent de meilleur, trompées, exploitées, humiliées, mises en esclavage, vient de se concentrer en moi pour m'apporter sa considérable force.

Douglas a reculé, il me regarde, sort de la cuisine.

Quand nous nous retrouvons dans la chambre, prêts à nous coucher, il s'approche, me prend dans ses bras : « Pardonne-moi. »

L'occasion allait soudain m'être donnée non pas de lui pardonner ses turbulences, auxquelles je finissais par me faire, qui m'amusaient presque, mais de découvrir ce que dissimulait un donjuanisme trop arrogant pour être le vrai fond de sa nature.

Toutefois, ce jour-là, ce n'est pas sans appréhension que, dédaignant sa répugnance à m'y inviter, je me rends dans les bureaux d'architecte où il officie. Douglas a toujours fait en sorte de me retrouver à la maison, me donnant rendez-vous là où nous allions, ou parfois, rarement, dans son studio où il s'octroie ce qu'il appelle des « bouffées de solitude ». Absences plus ou moins longues dont il revient doux et rêveur, comme d'autres lorsqu'ils ont fumé du cannabis.

Est-ce la curiosité, l'agacement ? Cette fois, je décide de faire irruption sur son lieu de travail après l'avoir attendu trop longtemps dans un café où finalement il ne m'a pas rejointe. Son portable est éteint, que fait-il, avec qui ?

Ma politique – chat échaudé... – consiste à ne jamais chercher à le surprendre et, pour une prétendue jalouse, je ne suis pas de celles qui se transforment en détectives domestiques, fouillent les poches, hument les cols de chemises, inspectent le linge, feuillettent les agendas, ouvrent le courrier. Et se torturent.

Là, j'y vais comme on va au feu. Toutefois, après avoir sonné à la porte des bureaux, je chausse mes lunettes noires en guise d'écran protecteur : ce qui ne m'empêche pas de discerner la très jolie fille – jupette ras-le-cul sur jambes interminables – qui me demande ce que je désire... J'ai envie de lui répondre que je suis la « meuf » de l'architecte, dans l'intention d'occuper ma place (c'est peut-être pour cela qu'on se marie : pour revendiquer son droit de propriété sur un autre...). Or je ne suis pas sa femme, et déclarer que je suis sa maîtresse serait un défi ridicule, trahissant ma fragilité.

Je me contente de sourire à plein : « J'ai rendez-vous avec l'architecte... » Douglas a-t-il

216

entendu ma voix ? Il apparaît dans l'entrée : « Ma chérie, mon amour, je t'ai fait attendre, excuse-moi, mais j'étais dans un travail urgentissime. Viens, que je te montre ! Tiens, je te présente Judith, mon assistante... »

Ouf, l'accueil me rassure ! (Et la pécore, si c'en est une, sait maintenant qui je suis pour son patron...)

De grands plans d'architectes s'étalent sur de vastes tables, des crayonnages de bâtiments sont punaisés aux murs, des maquettes s'exposent sur des socles. Il s'agit pour moi d'une langue étrangère, car Douglas, si prolixe par ailleurs, ne me parle jamais de son œuvre : « La maison c'est la maison, toi c'est toi ; quant au travail, quand j'en sors, il doit rester là où il est : ici. »

Il est vrai que les hommes qui emportent leurs préoccupations professionnelles chez eux lassent autrui et se lassent eux-mêmes. Toutefois, je regrette que Douglas m'entretienne si peu, en fait pas du tout, de ce côté de sa personnalité : celui de l'artisan attelé à sa tâche. Aujourd'hui, est-ce la surprise de ma visite impromptue ? Il se livre...

Il m'expose son enjeu actuel : préparer un concours pour obtenir un chantier urbain important. Et il me confie à quels obstacles il se

217

heurte : être choisi comme le « meilleur » par les comités qui en décident signifie aller dans leur sens, celui d'un conformisme obtus, de l'obligation de réaliser au moindre prix, quitte à saboter l'ouvrage, tout en nimbant le projet d'une touche de modernisme, de clinquant à la page qui donnera aux décideurs le sentiment qu'ils vont de l'avant – alors que, d'après lui, ils reculent.

Et c'est ce qui leur est difficile, à lui et à son équipe : ne pas arriver à faire reconnaître leurs vraies capacités, ne pas pouvoir proposer ce qui leur paraît le mieux pour la ville, ses habitants, en somme devoir camoufler leurs buts et leurs intentions afin d'être préférés à leurs concurrents.

En l'écoutant parler, à le voir sévère, concentré, évitant d'en faire trop, je me dis que mon séducteur est là sur un terrain où son « manège » habituel a peu de chances de marcher. C'est ce qui l'horripile, le met en fureur – se sentir impuissant, contrairement à ce qu'il réussit si bien ailleurs : « Ces nuls, ces cons... ! lâche-t-il à temps réguliers. Ils ne savent pas ce qui est beau, ce qui est bien, ni la valeur de ce que je peux leur apporter... »

Dois-je entendre que lui, le saurait ? Je le lui demande et pour une fois il me dévoile toute sa pensée. L'habitat, et cela depuis la première caverne, est capital pour les humains : il détermine non seulement leur façon de vivre, mais aussi celle de penser, de créer, d'aimer... Or, depuis les progrès rapides et récents de la technologie, qui privilégie le béton, les armatures métalliques, nous sommes entrés dans une ère où l'on construit non plus des lieux de vie, mais des casernes, des cages à lapins, des prisons, des alvéoles d'insectes, dans lesquelles il est malaisé de vivre libre, et où il n'est plus question d'aimer !

« Ce qu'on fait aux poules qui sont coincées, contraintes par une cloison à manger d'un côté et à pondre de l'autre, et aux vaches maintenues à vie dans des étables et qui sont traites mécaniquement, est l'exemple parfait du courant architectural actuel. Le système tend à réduire chacun à la fonction d'outil, de pion en vue de la seule croissance... Il faut que l'élément humain mange, dorme, se reproduise, non pour son bonheur, mais pour l'intérêt économique d'une communauté en guerre avec la planète – qu'on exploite et assèche – et, par là même, avec le bonheur et l'amour. Et ils ne s'en rendent même pas compte, ces tyrans minuscules... ! »

Quelque chose de violent, mais aussi d'émouvant, se dégage de cet homme : une souffrance.

Soudain, je comprends qu'il s'agit de sa souffrance initiale, celle qui le pousse à se propulser de femme en femme ; c'est la même qui l'anime dans son travail.

« Tu es malheureux », lui dis-je.

Douglas s'arrête de déployer ses plans, me regarde :

« Pourquoi dis-tu ça ?

– Tu ne peux pas réaliser ce que tu veux, c'est-à-dire ce qui te paraît bien... Tu voudrais stopper la machine à ne produire que du fonctionnel et en quelque sorte de la mort, ce qui t'enrage et t'indigne, pour l'envoyer dans un autre sens, celui de la vie. Malgré tous tes efforts, tu n'es ni écouté ni suivi, et c'est de cela que tu souffres, de ce gâchis, de ce manque à vivre qui jour après jour s'amplifie.

– Tu crois que j'en souffre ?

– C'est évident ! Même si je ne perçois pas bien, vu mon ignorance du sujet, la différence entre ce que tu crées selon ton cœur et ce que tu proposes pour le concours, je l'entends dans ta voix : tu as le même ton déçu et irrité que lorsque tu me parles de la « femelle ordinaire », de la « conne », comme tu qualifies aimablement tes anciennes conquêtes, comparées à celle qui représenterait pour toi la Femme. Celle que tu pourrais aimer. »

Il éclate de rire :

« Je te jure qu'entre mon travail et mes divertissements féminins, je ne vois rien de commun... Au contraire, j'installe une barrière étanche... D'ailleurs, je crois que c'est la première fois que je te parle de mon travail !

— Douglas, la barrière est tombée. En tout cas pour moi. »

Je viens de prendre conscience, grâce à lui, que dans ce monde bâti en dur, aimer nous est encore plus difficile qu'aux poules de batterie qui n'ont pas le droit d'élever et de protéger leurs poussins, à supposer qu'on leur permette d'en avoir.

Que l'amour soit à réinventer est devenu plus qu'une nécessité, la condition même de notre survie.

Est-ce que j'en suis capable ?

Après quelques mois de vie commune et pas mal chahutée avec Douglas, voilà qu'au gré d'une conversation, d'un article de journal, d'une silhouette entrevue sur un trottoir, je découvre que mes proches d'autrefois existent toujours ! Sauf un : Guillaume. Mais, pour ce qui est d'Hélène, de François, de Paul, pas de doute : ils sont bien vivants.

L'envie me prend de les revoir. Sur sa demande, j'en avais parlé à Douglas, au début de façon laconique. C'est lui qui m'incita à lui en dire plus :

« Moi, je te raconte tout de moi ! Pourquoi est-ce que tu ne me dis rien sur ta vie passée, tes amants : tu as bien dû en avoir, quand même ! Tu ne m'as parlé que de ton mari, cet Antoine en train de vieillir aux États-Unis et qui se fiche bien de toi, à ce que j'ai cru comprendre... Quel vilain type ! Moi, je n'oublie personne...

— Tu ne vas pas me dire que tu te rappelles chacune des femmes que tu as enfilées ? »

C'est que je finis par prendre son vocabulaire, c'est plus direct, et, me semble-t-il, il me comprend mieux, quand je parle coucheries, que si j'utilise les locutions élégantes qui étaient les miennes jusque là (du genre suranné : « Elle n'a plus rien à lui refuser... »).

Comme j'ai l'esprit facilement imagé, il m'arrive dès lors de lui en sortir d'assez violentes : « Tu sais, je te vois avec tous ces vagins en collier autour de ton cou, en lieu et place de ces fleurs que tu aimes tant et dont les Tahitiennes parent leurs visiteurs... En guise de symbole, peut-être... »

Comme mon impudence le fait rire, j'insiste : « Cela n'est pas trop lourd à porter ? » Je voudrais lui faire mal, mais de quelle façon ? Lui faire prendre conscience qu'à un tel rythme il n'a en réalité rencontré personne : ce dont il se souvient, ce n'est pas d'elles, mais des lieux où l'accouplement a eu lieu et du protocole qui a précédé, parfois de peu de minutes, la prise de corps.

Rien à faire, il est ailleurs, dans ses chiffres, ses calculs, ses statistiques. « À une époque il m'en fallait trois par jour et j'y parvenais. » Comment puis-je imaginer de faire le poids face à lui ? Je dois lui apparaître comme une bécasse, une oie blanche, une sorte de vieille fille n'ayant rien vu, rien connu, rien expérimenté. Peureuse, en somme. Hors du seul coup qu'il juge en valoir la peine !

C'est pourquoi je me mets à ressusciter mes anciennes amours, ces aventures dont je ne suis pas fiérote mais qui, après tout, manifestent un esprit de liberté qui risque peut-être de l'impressionner. Contrairement à lui, si je n'ai pas fait du nombre, de l'abattage, du moins ai-je exploré autant que faire se peut la personnalité de mes partenaires en amour.

Très vite, je fais mouche, car Douglas n'aime guère se laisser distancer dans ce qu'il considère comme son domaine, et il contre-attaque :

« Tu ne vas pas me dire que tu avais plusieurs amants à la fois !

— Cela m'est arrivé...

— Donc, tu n'en aimais aucun, c'est de la perversité ! »

Venu de lui et appliqué à moi, le mot me flatte :

« Il y en avait un que j'aimais plus que les autres... Il s'appelait Guillaume.

– C'est qui, ce type-là ? Il faisait quoi, il te baisait bien ? »

Nous sommes à la table du petit déjeuner par un beau matin de juillet. Des roses en bouquets sur le buffet, la fenêtre ouverte sur les arbres de l'avenue. Il beurre ses tartines avec application et si cette conversation ne me convient qu'à moitié, du moins me tient-elle concentrée autant qu'une partie d'échecs : pour parer ses coups et prévoir les miens.

« C'était un homme étrange, un écrivain, la plupart du temps silencieux.

– Évidemment, moins on en dit, plus on pue le mystère... Vous êtes drôles, vous, les femmes, vous désirez une queue et en même temps vous vous entichez de...

– De quoi ?

– De prétentieux qui ne savent pas s'en servir.

– Qu'en sais-tu : tu n'étais pas là ?

– Tu ne vas pas me dire qu'il allait souvent au lit ! Je les connais, moi, ces abrutis de la plume, ils ne font qu'écrire ce qu'ils ne réalisent pas... »

Là, il touche d'autant plus juste que je me suis souvent dit que j'étais incapable de vraiment juger un homme ni d'entrer dans son univers. Or qu'un autre homme, comme le fait Douglas en ce moment, me parle de l'un d'entre eux, et tout à coup je le vois sur un plan qui m'échappait jusque-là : celui de la virilité. Il n'y a que les hommes pour s'estimer ainsi entre eux, se jauger, juger mutuellement de leur engagement dans le jeu du sexe et de la vie. Comme s'ils étaient des joueurs de rugby ou de football dont nous ne savons apprécier, nous les femmes, que le gabarit, et encore...

Pour m'en sortir, je fais comme aux échecs, j'adoube :

« Tu sais, l'érotisme, cela ne consiste pas seulement à séduire avant de forniquer, il y a aussi ce que quelqu'un dégage en permanence, une sorte d'aura... Guillaume exsudait l'érotisme !

– Et c'est quoi, pour toi, l'érotisme ? »

Furieux d'être, à ce qu'il croit, comparé, mon vis-à-vis brandit son couteau d'une façon quasi menaçante en épluchant sa pomme.

« Il faut que j'y réfléchisse, mais, à première vue, comme ça, c'est ce qui me donne du désir...

– Ce qui te fait mouiller, salope ! Moi, je le sais ce qui t'excite, c'est pas les paroles ni les grands airs, ce sont les hommes bien montés...

— Arrête, Douglas, tu n'en sais rien et tu
dérailles... Dis-moi plutôt ce qui te donne le désir
d'une femme. »

Quel drôle de regard il a soudain :

« Qu'elles me résistent...

— C'est moyenâgeux, ton truc...

— Pas du tout, c'est ce qui met en mouvement
ma virilité : le désir du combat. Elle ne veut pas
de moi, eh bien, elle va voir !... Si j'apprécie les
coups faciles, vite fait, bien fait, je crois que je
préfère les difficiles : il m'est arrivé de m'y
atteler pendant des semaines, des mois, jusqu'à
ce que je l'aie.

— Et ensuite ?

— Fini ! Je te l'ai déjà raconté... Je sors de
chez elle en rebouclant ma ceinture !

— Entre nous les femmes et vous, les hommes
décidément, c'est l'abîme.

— Tu veux que je te refasse du thé ?

— Oui, merci, mon chéri, j'aime bien en boire
des litres, le matin. Ensuite on pourrait peut-
être... »

Il sourit, me lance un regard vif, persuadé
qu'il m'a eue, et qu'il va m'avoir encore plus.
Que suis-je à ses yeux : une femme qu'il a possé-
dée trop vite comme toutes les autres (sauf les
« boudins »...) ? Ou celle qui, à sa façon, et
ailleurs qu'au lit, lui résiste ?

Tous ces gens que nous avons aimés, croisés, appréciés, et que, brusquement ou peu à peu, nous cessons de voir, est-ce la propension que nous avons à imaginer notre vie semblable à un chemin avec ses détours, ses virages, et, quoi qu'il en soit, allant droit devant, qui fait que nous croyons les avoir laissés en arrière ? Eux restant sur place, contrairement à ce qu'il en est de nous ?

Comme alléché par le peu que je lui en ai dit, quelques jours plus tard, Douglas y revient.

« Quand tu me parles de tes ex-amants, c'est comme si tu ne savais pas trop qu'en penser. Présente-les-moi... Je te dirai qui ils sont, rien qu'à les voir. Tu me connais : je juge les gens d'un coup d'œil. »

Ça, j'en sais quelque chose, car tout le monde y passe, du boulanger à l'homme politique, de la voisine à ses connaissances et aux miennes... Et si je le trouve trop abrupt, il y a toujours quelque chose de juste, de bien vu dans ses propos, qu'ils soient pour apprécier ou pour débiner. Même les chiens y ont droit : « Trop de poils, pas de regard ; se prend pour qui, ce cabot-là : pour son maître ? »

Je rechigne :

« C'est que je n'ai revu aucun d'entre eux depuis plus de vingt ans. Je crains de les trouver...

– ... fripés ? Je vais te dire : il est bon de voir comment les gens vieillissent physiquement et moralement... Cela donne des idées sur ce qu'il faut éviter de devenir. »

C'est bien Douglas : tirer parti et leçon de tout, même et surtout du plaisir ! Soudain, je me dis que le marquis de Sade en a fait son œuvre et que s'absorber dans l'étude – clinique ! – de la sexualité (Douglas dirait : de la « baise ») finit par déboucher sur une branche des sciences humaines. Il suffit de rassembler suffisamment de cas et de les disséquer.

« Laisse-moi d'abord les rencontrer seule... Je voudrais m'assurer qu'ils restent présentables.

– En fait, tu veux savoir s'ils te touchent encore ? Si même ils n'auraient pas un petit goût de revenez-y ? Je te connais, va... »

À ce qu'il croit ! Mon obsédé, lui, pense peut-être à Laurence ! Dieu merci, je dois être plus opaque... À tel point qu'à moi non plus mes motivations ne sont pas vraiment claires, et en me procurant l'adresse d'Hélène je me demande ce que je vais chercher là, après tant d'années. « C'est qu'il en est passé, sous ton pont... », dirait aimablement Douglas.

III

Ma belle Hélène, comme avec l'âge je ne sais plus trop où j'en suis, j'aimerais beaucoup savoir où tu en es, toi... Te l'entendre dire m'éclairerait sûrement, et aussi, c'est cela l'important, me ferait grand plaisir.

Le veux-tu ? Si oui, où ? Quand ? Nous parlerions de tout en vrac et en vrai, n'est-ce pas ?

Mathilde.

Parler, nous l'avons déjà beaucoup fait, elle et moi ! Mais nos échanges ressemblaient à ces saluts multipliés des princes d'autrefois qui s'inclinaient les uns devant les autres en balayant le sol des plumes de leurs immenses chapeaux. Est-ce à refaire ?

Un petit mot d'une écriture que je reconnais aussitôt me parvient quelques jours plus tard :

Ma Mathilde, tu sais que j'aime les habitudes et les endroits favorables... Donc, au bar du Ritz à l'heure du thé, vendredi. Je ne porte plus mes cheveux longs, mais je crois avoir gardé l'essentiel, à commencer par ma tendresse pour toi...

Immuable Hélène, il lui faut choisir son cadre, de préférence luxueux, dans un jeu de lumière et d'ombre, et c'est toujours elle qui ordonne. Comme dans le temps je me soumets, ce qui, bien entendu, n'échappe pas à Douglas :

« Elle te siffle et tu accours ! J'avais des projets, moi, pour ce vendredi, je voulais t'emmener dans la baie de Somme, et, pour ça, qu'on parte le matin même...

— Mon aimé, il faudrait savoir : tu m'incites à revoir mes anciens amis, j'hésite et quand enfin je cède, tu as envie que rien n'ait lieu ! Quant à ton projet d'excursion, si j'y souscris avec enthousiasme, tu m'en parles un peu tard, non ? »

Serait-il jaloux de ce qu'il a lui-même tramé ? Il y a longtemps que je l'ai remarqué : quand débute une nouvelle histoire, les protagonistes craignent plus chez l'autre le retour du passé que ce qui pourrait se produire à l'avenir... C'est que le passé est bien réel, construit en dur, alors que l'avenir n'est encore qu'imaginaire, donc improbable, et, croit-on, facile à désamorcer.

Au fond, à nous examiner nous-même, nous savons que nous n'avons rien oublié de ce qui a eu lieu, dont le souvenir nous revient parfois avec une précision redoutable au moment où nous vivons quelque chose d'équivalent avec un nouvel amour. Et nous comparons. Notre partenaire le sait, le sent, en souffre... Mais ainsi est la mémoire : elle ne fait pas de sentiment, elle n'a pas d'égards, elle se complaît dans la répétition, la comparaison...

Quand Douglas m'appelle « chérie », je ne peux m'empêcher de me demander combien de fois il a dit ce mot – qui me touche – à combien de femmes différentes ; ce ne serait pas forcément son amour pour moi qui le pousserait à m'appeler ainsi, mais quelque réflexe inscrit une fois pour toutes dans les limbes de son cerveau : toute maîtresse est une « chérie »... C'est qu'elles adorent ça, n'est-ce pas ?

Aujourd'hui, sans qu'il ait trop besoin de réfléchir, Douglas redoute qu'à revoir Hélène, ce fantôme émergeant de mon passé amoureux, quelque chose ne reprenne vie. C'est-à-dire le désir...

Après tout, c'est lui qui l'aura voulu, cet apprenti sorcier !

L'heure du rendez-vous approchant, je m'emploie à me faire « belle », en dessus aussi bien qu'en dessous – bas noirs, combinaison prune –, et, pour une fois, Douglas s'abstient de tout commentaire sur mon *look*.

Et lui, que va-t-il faire en mon absence : sortir ? Sera-t-il là quand je rentrerai ?

Je me retiens de le lui demander.

C'est la guerre.

En me rendant à l'hôtel Ritz, je m'interroge : Hélène, qui mettait si bien l'intimité en scène, en a-t-elle encore le talent ? Ou y aurait-elle renoncé, par paresse comme la plupart de nos contemporains ? La place Vendôme, elle, est restée immuable, et dès que je m'apprête à descendre du taxi, face au Ritz, le voiturier en livrée vient comme autrefois m'ouvrir la portière.

Après avoir traversé le hall de l'hôtel, quand j'arrive au bar que hante encore l'ombre de Hemingway, Hélène est assise à la meilleure table du meilleur coin, suffisamment loin du pianiste et de ses rengaines.

« Toi, viens là que je te regarde ! » Elle ordonne : « Plus près », au maître d'hôtel qui m'avance un siège.

Nos genoux se frôlent, elle me prend la main. Sous le chapeau de feutre taupé le regard est le même, presque noir, fixe, impénétrable...

« C'est toi, plus ouverte, ce qui est bien, un peu blessée, ce qui est bien aussi : tu as dû recevoir pas mal de coups de griffes et de dents... »

Elle songe un moment puis reprend :

« Mais tu cicatrises bien, et les balafres guerrières te vont ! »

Je n'ai pas encore dit un mot, je n'ai fait que lui sourire, par tendresse, amusement, et aussi en pensant à Douglas : s'il entendait comme cette femme me parle ! "Mais qu'est-ce qu'elle a, cette vieille peau, à te juger ? Ne te laisse pas faire, réponds-lui !..." »

Je préfère m'accoler à elle par le cœur, la parole. Le corps suivra, s'il le veut.

« Et toi, Hélène, où en es-tu avec l'amour ? T'aimes-tu un peu plus ? »

Son regard me quitte pour errer alentour :

« Petit, apportez-nous des rôties. Attention : dorées, pas brûlées ! »

Un maître d'hôtel chevronné se retourne, peu habitué à être traité de « petit », mais la dame a du chien, trois rangs de perles. Il s'incline, passe le mot d'ordre à plus jeune.

« M'aimer, moi ? Je laisse ce soin-là aux autres... »

Elle n'ajoute pas « Tâche subalterne », mais je devine qu'elle se le formule ainsi.

« Au moins, est-ce qu'ils s'en acquittent bien ? »

Un geste du poignet laisse entendre que l'important est ailleurs : dans ce flot, ce torrent de mots, de paroles dont elle n'a cessé de s'entourer pour se fabriquer un cocon, une gangue qui a encore gagné en volume. Jusqu'à devenir une carapace ? Pas vraiment, car je la sens vulnérable, son souffle se fait court, sa bouche s'entrouvre sur des dents soignées. L'index de sa main droite tourne sur le bord de la fine tasse de porcelaine qui attend le thé.

Sourcils froncés, elle descend en elle-même pour y trouver un discours approprié : celui qui doit la protéger contre mes intrusions, stopper mon enquête, en même temps me séduire.

« Le temps est une matière souple et malléable... Tout en galopant sans égards vers on ne sait quel terme, il ne cesse de se recourber sur lui-même en serpent qui se mord la queue... Avec toi je suis dans hier, d'une façon bien plus intense que je ne l'étais il y a des années. »

Contente de son envolée, elle lève sur moi de grands yeux liquides à la cornée blanc-bleu :

« Tu étais tellement collée à moi, tel un chiot, que je ne te voyais pas vraiment, Mathilde.

Maintenant tu as pris ta forme, je peux la détailler, l'apprécier... Je vois que tu t'es affermie, tu as du muscle, du répondant... Je me trompe ?

– Hélène, tu me tâtes comme tu appuierais sur un camembert avant de le choisir ! Cela nous sert à quoi, de nous voir telles qu'en nous-mêmes ?

– Au plaisir de cheminer ensemble dans le temps et hors de lui... Afin de découvrir ce qu'on a gagné dans la seule chose qui compte, et tu sais ce que c'est...

– La liberté ?

– Dis-moi qui tu acceptes dans la tienne, aujourd'hui ?

– Un homme qui me baise. »

Quand Hélène éclate de rire, elle a cinq ans :

« Qui te baise comment : physiquement ou moralement ?

– Les deux, ma chérie. »

L'avais-je déjà appelée « ma chérie » ? Quand nous étions ensemble, car nous l'étions, bien que vivant séparément, il n'était pas question de parler du corps. Nous fermions les yeux pendant l'amour, moi en tout cas, et du corps de mes amants, par pudeur et aussi par esthétisme (longtemps j'ai trouvé laids les corps d'hommes nus) je m'arrangeais pour n'apercevoir que des morceaux... Un détail idiot, preuve de mon idiote ignorance, me revient : au pic d'une passion physique, je ne savais pas distinguer si un homme était ou non circoncis ! Tant je jugeais tabou de m'intéresser visuellement à ce membre-là, le laisser me pénétrer me paraissant déjà excessif...

Servi avec dextérité, le thé refroidit dans nos tasses, les rôties attendent dans une corbeille d'argent. Je devine que nous n'y toucherons pas.

Je poursuis :

« Tu connais la phrase qui se veut cynique : "Le meilleur de l'amour, c'est quand on monte l'escalier..." Ces années-là, il me semble que nous étions perpétuellement dans l'escalier sans jamais parvenir au sommet ni au but...

– Quel but ? La jouissance ?

– Peut-être la fin du désir chez les hommes, le commencement de la tendresse chez les femmes... »

Je pense à ce que me dit Douglas dans ce qui, pour nous, représente l'« escalier » : « Viens que je te ramone la chatte ! » François ou Guillaume ou Paul me disant la même chose ? Inimaginable... ! Le jour où je m'étais permis de dire devant l'un d'eux, pour l'avoir entendu je ne sais où : « Laisse couler », il m'a tancée au point que j'en ai rougi : « Quelle vulgarité ! Ne dis plus jamais des choses comme ça, cela ne te va pas... »

Dans *Le Mépris*, le film de Godard, Brigitte Bardot, que son amant vient de gronder pour le même motif – que les gros mots ne lui vont pas ! –, se met à égrener tous ceux qu'elle connaît : « Con, cul, bite » (j'invente à défaut de me rappeler les termes exacts). Quelle volupté émane alors d'elle ! Rien n'est plus émouvant, excitant, libérateur que cette jeune bouche pulpeuse égrenant les gros mots du sexe et de l'amour...

Nous en étions si loin, censurées, réprimées. Si j'ouvrais les jambes pour recevoir un homme, c'était dans un état d'anesthésie générale... Foudroyée, certes, mais plus par la surprise et la honte de m'être ouverte, donnée, dénudée, que par le plaisir vrai.

C'est quoi, le plaisir vrai ?

« As-tu progressé, Hélène ?

– Où ça ?

– Au lit, avec eux ?

– En un sens, oui... J'étais convaincue que l'activité sexuelle n'appartient qu'aux jeunes, aux tout jeunes, même, et qu'en prenant de l'âge on se doit et on doit aux autres de se calmer... Eh bien, pas du tout : on approfondit, au contraire... Après tout, le plaisir vient du cerveau, comme le reste, et plus les connexions se multiplient dans les neurones, plus on va loin et vite... Si je te disais comment cela se passe pour moi aujourd'hui...

– Vas-y. »

Tout en l'écoutant me décrire crûment les gestes qui permettent à ces vieux amants habitués l'un à l'autre de parvenir au plus vite à ce qu'on appelle l'orgasme, je me dis que je n'aurais jamais imaginé avoir un jour cette conversation avec Hélène, si corsetée dans son élégance et que je n'ai encore jamais vue tout à fait nue.

Or un surprenant strip-tease par la parole se déroule à l'instant devant moi tandis que le personnel du Ritz va et vient, l'air absent. Mais qui sait si ces muets ne pressentent pas la puissance de nos dires chuchotés ? Hélène est si rose, maintenant.

Moi aussi, je présume.

Allongé face à la télé, un journal à ses pieds, Douglas semble absorbé par l'émission en cours. À mon arrivée il ne tourne pas la tête, mais je sais qu'il m'attend. Ma rencontre avec Hélène a dû piquer sa curiosité autant que sa jalousie, bien qu'il prétende n'en pas ressentir à mon propos.

« Comment veux-tu que je sois jaloux ? Tu as connu trop de gens, tu as eu trop d'amants, je m'y perdrais... En plus, tu mens, tu prétends les avoir oubliés... Par expérience, je sais que cela n'est pas possible... »

Est-ce pour le punir de sa mauvaise foi, mais je décide de frustrer un tantinet son impatience en n'abordant pas la première le sujet qui le brûle.

« Tu regardes *Ça se discute* ? »

Un grognement affirmatif me répond. Je m'assois tout près de lui :

« J'aime beaucoup l'animateur, l'un des rares qui pousse à bout ses questions et ses invités... C'est quoi, ce soir ? »

Un temps de latence calculé, puis :

« Les dernières élections...

– Tu me raconteras, je vais prendre une douche, Paris est tellement pollué, par cette chaleur... Ensuite je préparerai quelque chose pour le dîner... À moins que tu ne veuilles sortir ?

– On est mieux ici. Tu as raté un moment épatant où ils ont mis Hollande sur le gril... Où étais-tu ? »

Comme s'il ne le savait pas, l'hypocrite !

« Au Ritz. »

Ton d'indifférence voulue :

« C'était bien ?

– On y sert le thé comme nulle part ailleurs à Paris : une cérémonie à la japonaise... »

Puis je disparais vers la salle de bains. Je lui octroierai la suite du rendez-vous avec Hélène quand nous dînerons en face à face sur la table de la cuisine. Ainsi j'aurai eu le temps de préparer ce que j'ai envie de lui dire, au plus près de la vérité sans pour autant le blesser.

C'est qu'évoquer devant quelqu'un de nouveau dans votre vie ce qu'on a vécu avant et sans

248

lui, ne peut, d'après moi, que le faire souffrir, même s'il prétend que non, qu'il désire tout savoir de vous... En réalité, c'est comme si on l'effaçait d'un coup de gomme au profit du passé et de ses nostalgies.

Quand Douglas me parle avec alacrité de celle-là qui était si « bonne » au lit, de cette autre avec laquelle il s'embêtait mais qui tenait si bien la maison – ce que je ne sais pas faire –, mon plexus encaisse le coup. J'ai beau me raisonner – « C'est du passé, c'est fini ! La preuve, il est avec toi ! » –, rien à faire, mon corps réagit avec violence : mon système sympathique s'emballe, un flot d'adrénaline part vers mon cœur dont le rythme s'accélère, mon cerveau limbique et mon amygdale émotionnelle s'allument – j'ai mal !

Or, voilà que ce soir je possède de quoi faire souffrir mon amant avec un passé qui ne se contente plus d'exister dans ma mémoire, mais qui fait surface en tant que présent. D'où vient que je cède à ce désir, alors que je l'aime ? Est-ce l'espoir de calmer quelque peu la terrible, l'impuissante colère de ne pas avoir été la seule dans son cœur et sa vie ? Comme il s'est si souvent complu, le tortionnaire, à me le faire entendre : « Avant toi, je n'ai véritablement aimé que trois femmes ! » Façon de me dire : « Tu vois, tu n'as rien à jalouser, toutes les autres n'ont pas compté ! »

D'où vient que je ne l'entende pas ainsi ?

Hier, à mesure qu'elle me parlait de cet homme qui avait été mon amant et avec qui elle vit désormais, Hélène s'enfonçait dans son fauteuil comme pour s'éloigner de moi. Était-ce afin de laisser François prendre place entre nous, comme elle l'avait fait autrefois, ou pour le retirer de la partie afin de l'avoir tout à elle ?

Si c'était le cas, il n'eût pas fallu qu'elle m'en parlât comme elle l'avait fait, avec cette lucidité tendre qui la caractérise :

« Chacun vieillit à sa manière... Lui, François, je le trouve de plus en plus beau : ce qu'il a de rides – et il n'en a pas tant que ça, car il n'a jamais aimé le soleil – sont comme des chemins balisés qui mènent à l'intérieur de son être... Tu sais comme il était secret, tu ne pouvais rien deviner de ses pensées, ses paroles allaient de l'estocade au sarcasme...

– Et maintenant ?

– Il arrive à exprimer tout haut son discours intérieur, il avoue ses peurs – il craint de vieillir comme nous tous, mais lui plus encore, me semble-t-il... –, il raconte sa vie, en tire des maximes, des principes moraux...

– Des regrets ?

– Des satisfactions aussi, plus encore sur ce qu'il n'a pas fait que sur ce qu'il a fait... Drôle d'homme !

– Tu en restes amoureuse ?

– Tu veux dire que je le suis devenue... C'est beau, un homme qui se dévêt ! »

À ne pas en croire mes oreilles : j'ai connu François si raidi, si fermé, sans cesse en combat, même au lit... Hélène se rend-elle compte qu'elle me le rend désirable ? Non pour le lui prendre – il est trop à elle, et puis j'ai Douglas –, mais pour une dernière caresse, un salut de cœur à cœur qui pourrait ressembler à un pardon. C'est que cet homme aussi m'a fait souffrir : à sa manière, en ne voulant pas voir qui j'étais vraiment, en m'accusant de toutes les perfidies...

« À qui tu penses, là ? me demande Douglas quand je me tais après lui avoir décrit Hélène, ou plutôt l'effet qu'elle m'a fait tant d'années plus tard – sans mentionner François, puisqu'il n'était pas là.

– Au temps qui passe...

– Tu n'as pas mieux à me sortir comme banalité ?

– Je veux dire que tu ne peux pas prévoir – personne ne le peut – ce que vont devenir au fil des années, et s'ils continuent de vivre, les gens que tu as connus jeunes... Pas plus que ce que tu vas devenir toi-même ! C'est comme les fruits après la cueillette : les uns pourrissent très vite, d'autres se dessèchent et vont se recroqueviller jusqu'à tomber en poussière. Enfin il y a ceux qui mûrissent, les plus goûteux, les splendides...

– Ils finiront quand même par mourir, tes mirifiques !

– Oui, mais d'un coup, sans véritables flétrissures...

– Je préférerais disparaître avant !

– Avant quoi ?

– Avant de savoir à quelle catégorie j'appartiens...

– A-t-on le choix ? À propos, que comptes-tu faire aujourd'hui ? »

Quel bizarre coup d'œil il me jette, comme s'il regardait à l'intérieur de lui-même :

« J'ai des gens à voir ! »

Mon cœur saute, mais je me contente de sourire d'un air que je voudrais entendu. C'est que nous avons déjà eu cet échange et, les premières fois, la dispute a été violente, Douglas me déclarant qu'il tenait à continuer de fréquenter certaines des précédentes... « Tes maîtresses ! » ai-je crié, exaspérée à l'idée que je ne les avais pas supplantées. « Des amies, désormais, rien de plus, mais elles me restent chères... », me disait-il de ce ton autoritaire et sans réplique que l'on réserve aux enfants qui font un caprice.

Avais-je raison de m'indigner ? Si oui, au nom de quelle règle amoureuse qui exige qu'on efface d'un coup tout ce qui a été vécu auparavant ? (Une fois remarié, mon père n'avait plus le droit de revoir sa première femme, ma mère : sa nouvelle épouse le lui interdisait, ce qui ne l'empêchait pas de le faire en douce, dans un salon de thé...)

Mais si c'est Douglas qui a raison, s'il ne faut rien lâcher des amours d'autrefois, par reconnaissance, fidélité, en souvenir des bonheurs qu'ils vous ont procurés – alors je pouvais revoir François ? ou Paul ?

En retrouvant Hélène, j'avais forcément pensé à Paul, si imbriqué dans nos vies d'alors. Paul, le doux et triste Paul... Mais Hélène ne s'étant jamais vraiment intéressée à lui, je n'avais pas pris la peine de lui en parler, évoquer François suffisant amplement à cette première remontée dans le temps...

Le lendemain, Douglas parti à ses affaires, afin de raviver plus encore mes souvenirs je reprends d'anciens agendas, feuillette les répertoires qu'ils contiennent. Y lire des adresses que je devine obsolètes, des numéros de téléphone commençant par trois lettres, déchiffrer mon écriture d'alors, plus ronde, plus enfantine, suffit à m'absorber, quand mon portable sonne.

« Ma chérie, pardon de te prévenir seulement maintenant, mais je rentrerai tard. Dîne sans moi...

– Bon, très bien », dis-je d'une voix neutre.

En fait, je m'irrite de ce qu'il ne me donne pas la raison de son retard, mais ne m'a-t-il pas lancé quelque temps plus tôt : « J'ai horreur de rendre des comptes... – Eh bien, je ne t'en demanderai pas et je ne t'en rendrai pas non plus... », avais-je sèchement répondu.

Ma libéralité – forcée – n'empêche pas un flot de suppositions désagréables de me venir à l'esprit : avec qui est-il, et pour quoi faire ?

Sans doute me trompe-t-il, non par le corps – vu la fréquence de nos rapports –, mais par la parole, ce qu'il raconte à d'autres de notre liaison, et je vois d'ici le plaisir qu'il prend à en faire état. Et alors ? Pourquoi cette idée me blesse-t-elle ? Aimer quelqu'un, n'est-ce pas se réjouir des moments plaisants qu'il arrache à une vie qui en dispense si peu ?

Que Douglas ait de l'élan vers les autres est le signe qu'il possède une énergie dont une partie lui vient de la confiance en soi que je lui insuffle, ne fût-ce qu'en étant là à l'attendre : un chasseur part avec d'autant plus d'ardeur vers son gibier que, dans la caverne, femmes et enfants espèrent son retour.

Mais nous ne sommes plus aux temps préhistoriques, les compagnes ne se sentent plus des

« moitiés », encore moins des inférieures, et un mouvement de révolte me met sur mes deux pieds. Il ne rentre pas dîner avec moi ? Très bien, je sors !... On verra lequel de nous deux reviendra le premier.

Il ne faudrait pas que ce soit moi !

Je suis dans cet état d'esprit plutôt colère lorsque, dans la queue d'un cinéma des Champs-Élysées, soudain je découvre Paul ! C'est moi qui le remarque. Il m'était souvent arrivé, en apercevant quelqu'un de dos, dans la rue, dans un bar, un restaurant, de m'imaginer qu'il s'agissait de lui. Une fine silhouette aux épaules tombantes, un habillement élégant, le geste retenu, d'où le charme d'un être concentré d'une part sur lui-même, de l'autre sur sa continuelle observation d'autrui. Mais, chaque fois, erreur, déception : ça n'était pas lui.

Alors, pourquoi, aujourd'hui, par quel hasard, quel signe du destin est-il à ma portée ? Je remonte rapidement la file de ceux qui, immobiles, attendent devant la caisse pour prendre leur billet, et je m'aligne à son côté, comme si nous étions ensemble et que je venais le rejoindre.

« Bonjour ! »

Son regard de très myope derrière ses grosses lunettes ! Sourire un peu crispé :

« Ah, c'est toi... »

Que de fois dans la vie quelqu'un vous aura dit : « Ah, c'est toi ! » D'un ton chaque fois différent : heureux, déçu, irrité, impatient, stupéfait ; les nuances sont nombreuses et il n'est pas forcément nécessaire de répondre : « Oui, c'est moi ! »

Je me contente de sourire et de demander :

« Tu vas voir quel film : le Woody Allen ou *L'Amant de Lady Chatterley* ?

– Le second. »

Ma décision est immédiate : « Moi aussi... » Et j'ajoute : « Tu es seul ? » Sa réponse est ambiguë : « Ce soir, oui. » La file avance : « Moi de même ! »

À la caisse, Paul, large comme toujours, prend nos deux billets et j'ai un petit pincement au cœur : c'est comme si un anneau qui avait été brisé venait de se reconstituer pour se refermer sur celui d'aujourd'hui. Tous les intermédiaires disparus, on dirait que nous n'avons jamais cessé d'être ensemble : même façon de me prendre par le coude et de me frayer le chemin pour pénétrer dans la salle à demi-obscure. Dès que nous sommes assis, assez près de l'écran, je reconnais son souffle, mais ce n'est plus son odeur, celle qui me déplaisait : a-t-elle changé avec l'âge, ou est-ce son eau de toilette ? En tout cas, celle-là me convient.

L'afflux d'une publicité bruyante, suivi du défilé de bandes annonces présentant les films à venir, la plupart violents, font que nous n'échangeons aucun mot. Je me dis que Paul doit être comme moi, tout à ses pensées, mais je ne les devine pas : est-il ennuyé de cette rencontre inattendue, ou ému ? ou parfaitement indifférent ?

Et pourquoi est-il seul ? Célibataire, ou alors sa compagne, sa femme peut-être, l'aurait quitté pour cette soirée ? Une habitude entre eux que de sortir chacun de son côté, à moins qu'elle n'ait été appelée en province auprès d'un proche malade ? Ont-ils des enfants, lesquels ont quel âge ? Toutes les suppositions me viennent à l'esprit et il me faut un moment pour entrer dans le film, lequel démarre sans hâte.

Lente montée du désir entre le garde-chasse au beau torse et cette jeune femme aux longs cheveux qui ne sait pas encore qu'elle s'ennuie dans son couple, dans la solitude de son manoir, et qu'elle rêve d'aventure et de chair.

Il va y en avoir, on les verra même se poursuivre en forêt dans une totale nudité, parant de fleurs ce que Douglas, s'il était avec moi, appellerait la touffe ! Qu'en pense Paul ?

Mon actuel voisin a été mon amant des années durant... Mais jamais au grand jamais nous n'avons partagé l'intimité charnelle de ces deux-là qui s'ébattent sur l'écran !

Cela ne se faisait pas, comme eût dit ma mère. Pourtant nous avions lu *L'Amant de Lady Chatterley* pour conclure : « C'est bien, ça t'a plu ? » Sans en tirer d'exemples à nous appliquer pour mettre plus de liberté dans nos gestes et notre langage.

Me retrouver côte à côte, genou contre genou, avec Paul, le regard fixé sur les mêmes images, me ramène en arrière, sans que j'ose lui prendre la main. Pourtant j'en aurais envie. Lui non plus ne s'y aventure pas, mais le désire-t-il ? Je ne peux pas le lui demander non plus que le faire, tant je me sens revenue au temps de l'amour muet !

Douglas se ficherait de moi et de mes réticences... À propos, que fait-il en ce moment, et avec qui ? Cet homme me tient au ventre.

En rentrant, je compte lui raconter ma séance de cinéma avec Paul et, j'en suis sûre, il commencera par me dire : « Salope ! »

« Tu ne veux pas qu'on se revoie ? »

À la sortie du cinéma, Paul et moi sommes sur le trottoir, une pluie fine a commencé de tomber et il s'agirait de rentrer chacun chez soi.

« Pour quoi faire ?

– Eh bien, pour parler.

– De quoi ?

– De nous.

C'est un sourire triste que me décoche Paul :
« À quoi bon ?

– Enfin, pour mieux comprendre...

– Mais quoi ?

– Ce qui s'est passé entre nous.

– C'est tout simple : je t'ai aimée, pas toi. Tu m'as quitté, tu as eu raison...

– Te rappelles-tu ce que je te disais : "Paul, tu ne m'aimes pas, tu me désires, tu es dans la passion, mais tu ne m'aimes pas..." »

Cette fois, je l'intéresse et j'enchaîne :
« Écoute, entrons dans un café, sous cette pluie je commence à me mouiller sérieusement... »

Je ne peux plus prononcer le mot « mouiller » sans songer à Douglas qui en use abondamment au sens sexuel. Sans un mot, Paul se détourne et me précède vers le café le plus proche. Nous y choisissons une table à l'écart. Je demande un express, lui une menthe à l'eau.

« Tu as peut-être raison, me dit-il sur un ton mélancolique... Mais tu ne m'as pas donné le temps de passer à l'étape suivante... Et puis, qu'est-ce que cela veut dire, "aimer" ? »

C'est aussi ce que je me demande.

Je regarde ses mains posées sur la table ; l'une à moitié repliée se caresse les doigts, l'autre froisse la serviette en papier fournie avec les consommations. Combien de femmes a-t-il fait jouir avec ces mains-là depuis moi, depuis nous ?

Soudain je me dis que l'amour n'existe vraiment que la toute première fois, dans la prime jeunesse, lorsqu'on peut encore croire à l'exclusivité, à la fidélité, à une existence entière passée ensemble... Or qui peut vivre cela, à part ceux qui meurent jeunes et dans l'illusion ?

Si cet homme qui est là, que j'ai suffisamment aimé pour l'accepter comme amant, me disait : « Recommençons ! », je sais ce qui me taraude-rait et me freinerait aussitôt : la jalousie ! Qu'a-t-il fait, avec qui, toutes ces années ? M'a-t-il comparée, et lesquelles m'a-t-il préférées ? De plus jeunes, de plus brillantes, de plus belles... ?

« Tu sais, me dit-il, tu m'as rendu très malheu-reux... Je n'ai pas compris pourquoi tu étais si amoureuse de cet abruti de Guillaume.

— Abruti ?

— Qu'a-t-il fait de sa vie, sinon écrire des livres qui ne se vendent plus et conduire des voi-tures trop rapides pour ses capacités de pilote ? »

Il est vrai qu'il était mauvais amant, peu généreux de lui-même : alors, qu'ai-je trouvé à Guillaume à l'époque ? Il n'a même pas su vivre longtemps, ce qui est aussi un art... Je fixe le regard de Paul posé sur moi.

« Je n'en sais rien...

– En somme, tu m'as quitté pour rien... Gâchis, non ?

– Cela dépend de ce que tu as vécu par la suite avec d'autres. C'était bien ? »

Il hausse les épaules :

« Pas mal. J'ai eu deux mariages, deux enfants...

– Et maintenant ?

– Je préfère les liaisons. Je travaille beaucoup, je fais de la recherche en médecine. Pas d'horaires... Invivable, je présume... »

S'il était fidèle, je pourrais m'en accommoder ; moi aussi j'ai besoin d'horaires souples, de liberté. C'est l'infidélité qui m'est intolérable : quand je la sais ou seulement la soupçonne, tout s'effrite autour de moi, l'herbe devient noire...

« Et toi ? me demande Paul au moment où je m'y attends le moins. Tu vis comment ?

– Avec quelqu'un... À ce que je crois...

– Tu n'en es pas plus sûre que ça ?

« – Si c'était oui, serais-je avec toi en ce moment ? »

Nous nous dévisageons, comme médusés. Qu'avons-nous fait de nos vies et de tout cet amour qui était en nous ?

« Quand c'est que tu recouches avec ton Paul ?

– Arrête, Douglas, je t'en prie ! Tu ne pourrais pas voir les choses différemment, penser à autre chose qu'au sexe ?

– C'est vous, les femmes, qui ne pensez qu'à ça dès que vous voyez un mâle... C'est ce que me disent les petites jeunes, les nouvelles, quand je les interroge. Elles au moins me disent la vérité...

– Qui est quoi ?

– Maintenant elles font comme les hommes : la première chose qu'elle regardent, chez un mec, ce sont ses fesses... Elles les aiment bien fermes, bien rebondies, bon présage pour le reste...

– Tu crois sincèrement que les filles n'ont qu'une idée : trouver le meilleur pour coucher avec ? Moi, quand elles me parlent, je me rends bien compte que ce qu'elles cherchent avant tout, exactement comme autrefois, c'est l'amour, le grand, le fidèle, l'amour à vie...

– L'amour à mort, tu veux dire ! Je n'ai aucune confiance dans les femmes. »

Est-ce pour cette raison qu'il les a si promptement fait défiler ? S'arrangeant chaque fois, à ce qu'il m'en dit, pour s'échapper de leur lit avant qu'elles aient eu le temps d'y faire entrer un autre ? Fuite programmée, évitement de la douleur, une technique qu'il aurait mise au point dès sa première déception amoureuse. Il y revient souvent, tant sa désillusion a été cuisante et le demeure : pourquoi cette fille-là, qui était son premier amour, l'a-t-elle trompé alors qu'elle affirmait l'aimer ? Il se le demande encore et depuis des décennies, pour ne plus revivre un tel enfer, il part le premier.

Et s'il lui arrive de rester, comme avec moi en ce moment, il prévoit le pire, la tromperie brutale, il s'y prépare, la réclame presque : ce qui est fait n'étant plus à redouter.

Je pense soudain à ce grand médecin juif que les nazis venaient d'arrêter avec sa femme ;

« Nous vivions dans la crainte ; maintenant nous allons vivre dans l'espérance... », a-t-il dit à la Gestapo. Mais de quelle espérance peut-il s'agir, pour Douglas ? De conserver précieusement sa « chère cassette », sa liberté, ce qui lui permettrait de passer à une autre, et puis à une autre, et encore à une autre, jusqu'à ce qu'avec l'âge son corps crie relâche ?

Nous sommes assis sur un banc du bois de Boulogne où, à l'heure du déjeuner, s'ébattent des joggers des deux sexes et des chiens de toutes tailles suivis par leurs maîtres. Moment paisible où la ville ne se manifeste plus que par le bruit lointain de la circulation sur le « périph' ».

Nous pourrions être heureux, détendus, si Douglas n'avait entrepris de me passer à la question :

« Il était comment, ton Paul, il t'a dit quoi... ? Et où avez-vous pris rendez-vous pour la suite : chez lui, dans un hôtel ? Raconte-moi, j'aime tout savoir...

— Tu es fou ! Toi, non seulement tu me parles de tes anciennes, mais tu continues à les voir... Moi, je rencontre par hasard un homme que je ne revois plus jamais, et tu en fais un drame !

— Une comédie, tu veux dire... Cela m'amuserait de vous voir ensemble, de m'imaginer ce qui t'a plu chez lui. Il baisait bien ?

– Tu ferais mieux de te dire que cela n'a pas marché, entre lui et moi, sinon, aujourd'hui, je ne serais pas avec toi. Est-ce que tu le sais, au moins, que je suis avec toi ? »

Douglas se tourne vers moi, me lance un regard troublé, presque égaré.

« Non », me dit-il.

À l'époque d'internet, des sms, du portable à tout va, des explorations tranche par tranche du cerveau, des rencontres par le mail, des conseillers conjugaux, des familles recomposées, du pacs, des séminaires sexuels, la communication est-elle toujours aussi impossible entre hommes et femmes ?

« François serait ravi de te revoir... », me glisse Hélène alors qu'elle me téléphone pour commenter notre entrevue comme elle sait faire. Je me doutais qu'elle parlerait à son amant de notre rendez-vous au Ritz, mais je ne m'attendais pas à ce que François en tire l'envie de me rencontrer. Il ne me vient pas de répliquer « Moi aussi ! » Et puis, Hélène me dit-elle la vérité ? C'est l'un de ses jeux favoris que de mettre en présence des éléments divers pour voir s'il se produit une réaction chimique. Au risque de tout faire sauter...

Sa curiosité perverse la pousse à poursuivre :

« Il te fait dire qu'il t'attendra vendredi après-midi chez lui, rue Des Vignes. Il y a gardé son studio où il se rend quand il a besoin de solitude, d'écouter des disques qui m'agacent, ou de rencontrer quelqu'un qui ne me convient pas... C'est son espace de liberté. Tu te souviens du numéro ; il n'y a pas de code dans la journée... »

En somme, je ne suis pas priée, mais convoquée.

Irai-je ? La question me lancine, les trois jours qui précèdent. Qu'ai-je à attendre, trente ans après, d'une rencontre avec un ancien amant dès lors que l'un comme l'autre sommes en couple ailleurs ? Et dois-je en parler à Douglas ? Est-ce le tromper que ne pas le faire ? Mais si je m'y risque, n'est-ce pas m'exposer à plus d'une facétie plus ou moins salace ? Il est même capable de vouloir m'accompagner : « Je tiens à voir avec qui tu forniquais avant moi... Un peu manchot, le type, si j'en juge aux résultats ! Heureusement pour toi que je suis arrivé... »

J'allais renoncer, lassée par avance du chambard que ce rendez-vous pouvait provoquer – déjà en moi qui n'en sortirais pas indemne – quand Douglas m'y poussa à son insu.

D'un air détaché – celui qu'il prend dès qu'il se sent tant soit peu coupable –, il m'annonce qu'il va se rendre en Normandie, ce vendredi soir, pour aller voir quelqu'un qui est malade... Il se peut qu'il ne rentre pas coucher : que je ne m'inquiète pas !

J'allais lui demander de qui il s'agissait quand me revint à l'esprit son diktat : « Il m'est insupportable de rendre des comptes. »

S'il ne me le dit pas de lui-même chez qui il va, c'est qu'il doit s'agir de l'une ou l'autre de ses anciennes maîtresses qu'il lui prend l'envie de visiter à temps réguliers. Il est bien connu que les femmes rompent définitivement avec les hommes qu'elles quittent, alors que, pour eux, c'est l'inverse : si leurs « ex » n'exigent pas la rupture totale, ils continueront à les fréquenter jusqu'à ce que mort s'ensuive... Pour bien des raisons qui vont du narcissisme – « Elle m'aime toujours ! C'est qu'on ne m'oublie jamais, moi, je marque ! » – jusqu'à la prévoyance : « Et si celle-ci partait – sait-on jamais, avec les femelles –, il serait bon que j'aie un point de chute, et même plusieurs... »

Réflexe de gardien de troupeau inscrit chez l'homme depuis les hordes préhistoriques, quand le mâle tenait sous sa coupe plusieurs femelles. Et qui subsiste dans bien des communautés où se pratiquent toujours les usages du harem. Quant à ce qui se passe en Occident où semble instaurée la parité, ces messieurs gardent discrètement en réserve bien plus de femmes qu'ils ne le prétendent. Il s'agit pour eux de les réchauffer de temps à autre, si possible à l'insu de la chérie du moment.

J'ai beau me dire que c'est en quelque sorte « normal », que s'y opposer ne peut que faire empirer le mal, lequel se fait alors souterrain, mensonger, trompeur et par là même d'autant plus désirable, comme tout interdit, je ne peux m'empêcher d'entrer dans une sourde colère.

Pour la calmer, il m'arrive parfois de prendre ma voiture et de rouler des heures – sans objectif. Cette fois, j'en ai un : François. Pendant que Douglas sera en Normandie, je vais me rendre rue Des Vignes, où l'on m'attend, et arrivera ce qui arrivera.

Pourquoi rester fidèle, si mon amant ne l'est pas ?

Planète Terre, un jour comme un autre du XXIe siècle,

Cher Guillaume,

Pourquoi êtes-vous parti si vite, si loin, si haut, sans m'en avertir ? Je n'ai pas eu le temps de dénouer nos liens et vous avez emporté une partie de moi avec vous. J'ai beau tirer sur la corde comme sur celle d'un cerf-volant, quelque chose de moi ne revient pas et reste accroché à vous. J'ai mal...

« Mal comment ? » êtes-vous en train de me demander sans desserrer les dents, comme à votre habitude. À m'accommoder des autres hommes ; je les trouve si petits dans leurs

273

manières, si pauvres en ambition, si faibles dans leur désir, et, à l'usage, sans amour...

En aviez-vous pour moi sans me le dire ? Il me semble que oui ; en tout cas je le ressentais au point que tout le reste pâlissait quand j'étais dans vos bras. Et cet amour illimité que personne ne sait plus me donner, que j'essaie d'offrir à qui en manque, eh bien, on n'en veut pas ! On me le laisse sur les bras.

Ne pourriez-vous, Guillaume, m'envoyer un message qui me fasse comprendre pourquoi il en est ainsi, ce que je dois faire pour que cela aille mieux, pour eux, pour moi, entre eux et moi, particulièrement avec le dernier qui s'appelle Douglas ? Par son côté « Il me les faut toutes », celui-là devrait vous plaire. Vous parleriez rugby et je n'en serais pas jalouse, car vous me garderiez entre vous, en mêlée !

Mathilde.

Comme j'ignore à quelle adresse céleste ou infernale poster ma lettre à Guillaume, je la conserve dans mon sac tel un talisman tandis que je me rends rue Des Vignes pour y voir François.

Il y a un brin de folie à écrire à un mort, quoique à mon avis bien d'autres ont dû le faire, le font à un fils, un père, un amant – je parle ici pour les femmes, incapable de supporter que le dialogue d'amour soit interrompu. C'est ce qui nous lie le plus fort à un autre être : la parole, les mots échangés, ce qu'on se dit et qui ne s'oublie jamais, qui nous transforme phrase après phrase, même si les mots s'effacent, mais pas tous.

Me revenaient certaines déclarations de François : « Vous êtes griffue comme les chimères... » Dans « chimère » il y a « mère », me dis-je, et c'est la mère, le plus souvent, que les hommes recherchent chez leurs amantes. Moi je n'aime pas être mère, c'est-à-dire tancer, élever, battre au besoin... Le saurai-je un jour ?

Il m'avait aussi reproché de ne pas savoir exprimer mon désir, ni mon plaisir quand j'en avais avec lui... Était-ce par pudeur, celle commune à ce temps-là, pour ne pas le choquer en m'avouant par trop « sexuelle » ?

Pourtant, quel désir j'avais de cet homme ! En montant l'escalier, je tâche de ne pas trop repenser à ce qui me plaisait si violemment chez lui, ses lèvres minces, sa haute taille, ses cheveux noirs comme la toison de sa poitrine, de son dos, ses mains que je m'étonnais de découvrir courtes, et, du fait, attendrissantes comme celles d'un petit garçon.

Dès mon coup de sonnette, il m'ouvrit la porte.

Quel échange de regards ! Brutal, rapide, définitif. C'était lui, c'était moi, mais nous ne nous aimions plus ! Il fallait quand même assumer, jouer au mieux la comédie.

« Bonjour, tu vas bien ? Tu as bonne mine, tu n'as pas changé », me lance-t-il d'une traite. (À croire qu'il avait préparé sa tirade ?)

Je ne me rappelais pas que, les derniers temps, nous nous tutoyions.

« Toi, tu es toujours aussi beau... », lui dis-je.

Aucun homme, quel que soit son âge, ne met en doute cette affirmation, et d'un certain côté c'est toujours vrai : du seul fait qu'il est vivant, qu'il respire, un être humain est beau. C'est la mort, la rigidité cadavérique qui est laide.

« Et tu t'habilles toujours aussi bien ! »

Pantalon de lin noir, chemise beige sous une veste en cachemire, noire elle aussi. Il sourit :

« Toi, je suis content que tu portes une jupe et non pas le sempiternel jean de tes congénères... »

J'avais choisi ma tenue exprès : une jupe droite à mi-mollet, une veste en lainage violine sur un haut blanc. Petit collier de perles. Un chapeau de feutre orné d'un bijou, vite enlevé et jeté sur un canapé.

« Assieds-toi, que veux-tu boire ?

— Ce que tu prends, toi.

– C'est qu'il y a de tout : champagne, whisky, porto, jus de fruits, eau minérale.

– Champagne. »

Pour le plaisir de le voir faire sauter le bouchon comme au temps où je venais lui rendre visite dans ce même studio. Le lit-divan est toujours contre le mur du fond, sous une accumulation nouvelle de coussins. Je reconnais au mur un petit portrait de femme par Bernard Buffet, une lithographie de Staël, un tableau qui n'est pas un Marquet mais qui représente assez joliment les quais de Paris. Tiens, il a gardé le petit vase de Lalique que je lui avais offert, et le coupe-papier en bronze dont le manche est une femme nue.

Les objets survivent aux sentiments, à l'amour, et, ce qui est pire, nous survivent aussi. Comme nos héritiers ne savent rien de ce qui a fait pour nous leur charme et leur histoire, ils les fourguent aux Puces où une autre vie les attend. Mais peut-être les choses ont-elles une mémoire plus longue que la nôtre, plus sûre... ?

« Raconte-moi toi », me dit-il après que nous avons trempé nos lèvres dans nos flûtes.

« Je préfère les flûtes aux coupes, pas toi ? » m'avait-il dit en versant le champagne, et j'avais acquiescé.

Aujourd'hui, auprès de cet homme de mon passé, je suis là pour dire oui à tout. Afin de lui pardonner ce qu'il m'a fait, pas fait, et de me pardonner à moi aussi, même si je ne sais pas quoi.

« Eh bien, j'habite toujours dans le même appartement, celui que tu connais, où pas mal de gens ont défilé.

— Tu vis seule ?

— J'ai un compagnon. Pour l'instant.

— Pourquoi dis-tu : pour l'instant ?

— L'amour est éphémère, non... ? Sauf le tien avec Hélène.

— C'est vrai, nous sommes devenus un vieux couple.

— Comment avez-vous fait, comment faites-vous ?

— Tu connais ces espèces de puzzles en bois composés d'animaux découpés ? Si tu les sépares, ils sont tous tellement différents que tu te demandes ce qu'ils ont à faire ensemble. Mais si tu as l'habileté de les ajuster, ils s'assemblent admirablement. Hélène et moi sommes ajustés... Cela ne veut pas dire que nous ne sommes pas des individus avec chacun sa liberté. »

Quel regard François me jette sur ce dernier mot ! Quelque chose en moi s'en effare... Serait-il en train de proposer que nous recouchions ensemble ? Je ne suis pas venue pour cela, loin de là ; toutefois, l'idée que je puisse paraître désirable à cet homme encore beau, surtout aujourd'hui où je me sens en quelque sorte abandonnée par Douglas, peut-être trompée, me touche. M'émeut. Me fragilise...

Le temps peut-il se replier sur lui-même comme une couverture ? Va-t-il le faire sur nous ?

Il est tard, pourtant je n'ai pas plus tôt ouvert la porte qu'il est sur moi. À croire que Douglas m'attendait dans le couloir de l'appartement, debout. J'entends très bien la question qu'il ne me pose pas : « Tu viens d'où ? »

Je décide de le laisser mijoter, ce soi-disant « non-jaloux » !

« Il fait doux, ce soir, j'ai fait une partie du trajet en autobus, l'autre à pied... Il y avait de délicieux effluves qui venaient du jardin du Trocadéro.

— J'espère que tu ne l'as pas traversé ! La nuit, c'est dangereux. Je connais des gens qui s'y sont fait attaquer à l'arme blanche... »

Je dépose lentement mon chapeau sur le meuble de l'entrée, me déleste de mes bijoux, lesquels me pèsent dès que je suis chez moi, m'extirpe de ma veste, me débarrasse de mes chaussures d'un coup de talon, m'étire... Douglas a suivi chacun de mes gestes comme s'il y cherchait une réponse à sa question muette : « Tu étais avec qui, tu as fait quoi ? »

Il croit plus habile de me manifester la sollicitude qu'il n'avait pas quand il a décidé brusquement de partir, en fin d'après-midi, en me laissant entendre qu'il ne rentrerait peut-être pas de la nuit :

« Tu aurais dû m'appeler, je serais venu te chercher en voiture...

— Je te croyais en Normandie.

— Je n'y suis pas allé, je suis rentré ici et quand je me suis aperçu que tu n'étais pas là, je t'ai appelée.

— J'avais coupé mon portable.

— Je sais, je t'ai laissé un message et je suis allé dîner avec un copain, Sébastien.

— C'était bon ? »

Pourquoi diable n'est-il pas allé en Normandie ? Parce qu'il a craint – avec raison – de me blesser ? Ou la personne à voir, quelle qu'elle soit, se serait-elle défilée au dernier moment, sur un coup de fil ? Fatiguée – ou alors un amant, un mari qui rentre inopinément ?

« Des lasagnes. C'était un peu lourd, j'ai du mal à digérer, je n'arrivais pas à dormir... »

La faute aux pâtes ou à mon absence ?

Il s'aventure :

« Tu rentres tard...

— Vraiment ? Je n'ai pas regardé l'heure. »

Il s'est approché de moi, me prend dans ses bras, me serre contre lui. J'ai mon visage dans son cou. Comme je suis bien avec ce feu follet, cet infidèlc...

Une illumination me vient, comme il m'arrive souvent (à croire que nous progressons ensemble, marche après marche, en route vers des temples bâtis tout en haut d'une montagne) : ce n'est pas à moi que cet homme n'est pas fidèle, c'est à lui-même... Pour la bonne et unique raison qu'à plus de cinquante ans il se cherche encore. De femme en femme... Chacune lui apporte un petit bout de lui-même. Des morceaux disparates, et même qui se contredisent, ne s'ajustent pas. Douglas, à l'heure qu'il est, n'est qu'un patchwork de débris cousus à gros points par ses différentes maîtresses.

J'éclate de rire.

Ce qui le vexe, l'inquiète :

« Je te trouve bizarre, ce soir... C'était bien, ta soirée ? »

Je vais tout lâcher, on verra bien :

« J'étais avec François... »

Je suis allée m'étendre toute habillée sur le lit. Il vient en faire autant, nous sommes comme deux gisants, il ne me touche pas.

« François ? C'est qui, celui-là ? Tu m'en as déjà parlé ?

– L'amant d'Hélène, tu sais, la femme que j'ai vue au Ritz, l'autre soir.

– Ah bon ! elle était là ?

– Non, nous étions seuls. Chez lui. »

Et puis je lance ma bombe ; après tout, il m'en a fait d'autres, avec Laurence, par exemple :

« Autrefois, j'ai couché avec lui.

– Ah. »

Silence.

Je vois sa poitrine se soulever. Coup porté, colère, inquiétude ? Le sait-il lui-même ?

« Et vous avez remis ça ? »

Sa voix est presque amusée, alors que je sais pertinemment qu'il ne l'est pas du tout : il veut se faire accroire que si je réponds « oui », cela ne lui fera rien.

« Il en a été question. »

Autant qu'il se rende compte que je ne suis pas hors commerce.

Son silence est abyssal. J'ai tout mon temps pour y installer ma réponse :

« À un moment, on a bien failli recoucher ensemble... Tu sais ce que c'est, toi, qu'une vieille habitude : ça va, ça vient, ça s'oublie, ça vous reprend... Comme dans la chanson... »

Si quelqu'un se laisse emporter comme personne par ce tourbillon-là, c'est bien Douglas ! Je le soupçonne d'en remettre un coup par-ci, par-là, juste pour être certain qu'une « ex » ne l'oublie pas – même fiancée, même mariée, même mère de famille, même, si c'est le cas, enceinte ou sur le déclin... Rien ne le rebute !

« Et puis nous avons décidé, l'un comme l'autre, que nous n'avions pas envie de tromper ceux que nous aimons. François aime Hélène.

– Et toi, tu aimes qui ?

– Je pourrais t'aimer, toi, si tu te rendais aimable...

– Comment ? Comme ça ? »

D'un coup de reins il est sur moi, me couvre de son corps, commence à m'entreprendre de son plus vif : « Salope, va... »

Sa voix est joyeuse, soulagée, presque triomphale. Une fois de plus je viens de le lui confirmer : il est le fils préféré ! Une situation qui lui aurait manqué, m'a-t-il dit, dans son enfance. Il s'en est mal remis, et aujourd'hui encore cet homme ne demande aux femmes, à n'importe quelle femme, qu'une seule chose : qu'elles le préfèrent à tout moment aux autres hommes, à l'homme qui est dans leur vie. C'est sa revanche jamais consommée, jamais satisfaite sur un passé douloureux qu'il n'a pas su, pas voulu surmonter. C'est qu'il y a profit à laisser certaines plaies ouvertes, cela donne le droit de gémir et de se faire bercer par la première nourrice venue !

Ce soir, c'est moi qui lui donne sa panacée : je viens de lui dire que je l'ai préféré à François, un homme dont, sans le connaître, il a perçu la séduction redoutable – le flair de Douglas sur d'éventuels rivaux est imparable...

Et moi, qu'en est-il ? Vais-je me suffire de n'être dans la vie de mon amant qu'un remède à ses maux passés, une consolation instantanée ?

Ne se rend-il pas compte que moi aussi, j'aimerais, comme lui, être la préférée, et même la seule, l'unique femme dans sa vie ?

Chacun son jeu. La difficulté, le malheur, c'est qu'on ne connaît pas les règles du jeu de l'autre. Ni du sien, d'ailleurs, ce qui fait qu'on avance ses pions à l'aveuglette – jusqu'au mat.

Alors on pleure.

Il m'arrivait de pleurer en cachette sur tant d'amour perdu. Pas seulement chez moi, partout dans le monde, chez tous... L'enfant qui meurt, qu'on ne remplace jamais, pas plus que les vieux parents arrivés à leur terme, ou le chien, le chat, l'animal de compagnie... L'irréparable des cœurs brisés par toutes les guerres, les luttes fratricides, les assassinats, les tsunamis de toute espèce... Que de larmes... ! C'est pis encore lorsqu'elles se tarissent, vous laissent les yeux secs, le cœur mort. « Plus jamais un homme, plus jamais un chien... » ; que de fois n'ai-je pas entendu cette phrase autour de moi : non, je n'aimerai plus ! Ce qui signifie : « Je ne veux plus souffrir ».

Douglas me fait souffrir pour la raison même qu'il souffre.

Parfois je me dis : « Ce n'est pas à cause de lui que je souffre, c'est pour lui, et il n'est pas possible que cela ne le soulage pas d'une partie de sa peine, sans qu'il sache pourquoi... »

La communion des saints est une communion de tous les souffrants : on partage le malheur comme on se partage le pain. La mort aussi, d'ailleurs.

Cela fait des jours que mon amant, en voyage, ne me téléphone pas, et quand je tente de l'appeler, son portable est coupé. Ou il m'est dit par le serveur que sa messagerie est pleine, qu'il n'est pas possible d'enregistrer de nouveaux appels sur ce numéro-là.

Si ce n'est où il se trouve, je sais du moins où il est : à la recherche du temps perdu, celui de son enfance. Cette époque où tout est permis parce que, croit-on, rien ne compte : on va pouvoir tout laisser derrière soi, tout pouvoir effacer, et ne commencer à vraiment vivre que plus tard, en mieux, autrement, et cette fois pour de bon !

Par quelle négligence ou inconscience cet homme est-il resté si longtemps dans une telle illusion, ce qui fait qu'il n'a rien construit, ou presque. Qu'il a vécu parmi des ombres, dont celles de toutes ces femmes oubliées, rejetées, à peine aimées, à jamais perdues...

Suis-je en train d'en devenir une ?

Ces pensées tournent en moi tandis que je m'active aux occupations du jour, que ce soit dans la maison ou à l'extérieur. Aimer, pouvoir aimer, savoir aimer est une faveur, une grâce, et je la possède. On peut aimer sans être aimé, et même si l'on souffre du fait d'un non-retour, on vit pleinement. D'ailleurs, tout m'émeut : la vue d'un bébé, d'un chat souffreteux, de deux oiseaux volant de conserve, d'une belle phrase ou d'un grand sentiment trouvés dans un film, un livre... Je vais d'émotion amoureuse en émotion amoureuse.

Je me dis aussi qu'il va réapparaître, trompeur, certes, mais surtout trompé par lui-même. Là, j'aurai quelque chose à faire, mais quoi ?

On vous répète à loisir : « Soyez vous-même, il n'y a rien de tel qu'être vrai, exprimer ses sentiments, son ressenti ; c'est comme ça que l'on finit par atteindre le cœur d'autrui. »

Conseils de magazines, de manuels de bien-vivre, car pour y parvenir il faudrait que l'on sache ce que l'on veut vraiment. Son véritable désir, lequel est forclos, enfoui depuis l'origine au fond de soi, et que la parole, le plus souvent, délivre à l'envers !

Ai-je envie de vivre avec cet homme qui se révèle « impossible » comme on le dit de certains vêtements : donc immettable, importable, insortable...

Ou de le chasser sinon de mon cœur, qu'il m'a pris, du moins de ma vie ?

Ne le voyant pas rentrer, à mon tour je suis partie. Comme il m'est souvent arrivé quand l'horizon me paraissait bouché et la douleur de vivre trop forte. C'est que la vie est difficile, et pour tout le monde, je sais.

J'ai éteint mon portable. J'ai quitté la maison sans laisser de message. Personne ne peut plus me joindre, je pars à l'aventure. Des lieux m'attirent, ou plutôt des noms de lieux : Vézelay, le Cantal, les monts de Blond, l'Estérel... Quelle direction prendre ? On dirait que ma voiture a son idée, comme si un GPS – le mien pourtant n'est pas branché – la guidait.

Quand je roule – à vitesse limitée, disciplinée –, j'ai le sentiment d'avancer dans le temps en laissant derrière moi ce qui m'est devenu

insoutenable. L'abandon, la perte, la solitude...
Là, je ne suis pas seule : il y a les arbres, les
panneaux, les stations-service, les vaches, les
moutons qui défilent ; c'est moi qui les quitte
pour aller vers d'autres, et il y en a toujours
d'autres. La Terre est ronde, ce qui la rend
infinie.

Il est tard, la nuit est tombée, mes yeux
commençant à papilloter, je me dis qu'il est
temps de m'arrêter, continuer deviendrait dangereux pour les autres et pour moi.

La pancarte lumineuse d'un motel ouvert
vingt-quatre heures sur vingt-quatre me fait
signe. Je quitte l'autoroute, prend la direction
indiquée, pénètre dans un parking. L'accueil est
agréable, ni distant ni trop chaleureux. Avant que
j'aie à demander une chambre, on m'en propose
une, la 7, un numéro qui me plaît. Mon sac de
voyage contient surtout des affaires de toilette,
quelques vitamines, pas de somnifère.

Pourtant j'en aurais besoin. Couchée, je garde
les yeux ouverts sur la nuit, l'absence. J'ai laissé
le portable dans la voiture, je ne voulais pas
écouter les messages, s'il y en avait, entendre sa
voix. J'aime sa voix, elle me donne l'illusion
qu'il y a quelque chose de tendre et de sensuel
entre nous – que rien ne peut détruire.

Je lui ai écrit : « S'il y a de l'amour vrai entre deux êtres, il survit à tout, aux erreurs, aux coups, à l'absence... »

S'il y a de l'amour vrai entre Douglas et moi, mon départ ne va pas l'anéantir. Mais peut-il le fortifier ? On s'habitue à ne pas être ensemble. Dans le lit, je reprends des positions de femme seule. Et lui ? Où est-il ? Seul ou avec...

La pensée qu'il est allé en retrouver une autre pour la seule raison qu'il n'aime pas, lui, dormir seul me rend furibonde. C'est ma faute, aussi... J'ai en tête plein d'exemples d'épouses, lesquelles, voulant à tout prix conserver leur mari, se cramponnent à lui jour et nuit. « Comme si elles accrochaient leur jupe à son pantalon par une épingle double... »

L'image me débecte. Je nous veux libres l'un de l'autre, toutefois ensemble : est-ce trop demander ? Est-ce à ce point impossible et invivable à une époque où chacun exige d'être une personne à part entière ?

Au reste, cela veut dire quoi, « part entière » ?

L'aube blanchit entre les pans à demi fermés des rideaux. Un mal de tête m'avertit qu'il me faut boire du café, manger un peu, d'autant plus que je n'ai pas dîné. Et lui ?

J'aime lui préparer une collation, un en-cas, sur la table de la cuisine, pour quand il rentre, fût-ce tard. Je ne sais pas toujours d'où. Parfois il me réveille pour me le dire, ou alors se coule entre les draps, puis rapproche son corps du mien, m'enlace. Tout devient alors paisible. Moments d'absolu.

Pourquoi ne durent-ils pas, pourquoi faut-il se réveiller dans des corps différents, qui se désirent puis se repoussent ?

La condition humaine ne peut-elle être que manque, torture, inabouti ? Il y a pourtant des gens heureux.

Je me lève pour aller sous la douche où je reste longtemps. J'aimerais être poisson, mammifère marin, ne jamais quitter cet élément qui lave, caresse, rafraîchit, réchauffe...

Le petit déjeuner est servi sur des tables avec des nappes à carreaux rouges et blancs : fruits, fromage, croissants, thé, chocolat, café, au choix... Je me restaure, reprends vie – quelle vie ?

« Bien dormi ?

– Oui, merci, puis-je vous demander ma note ?

La voici, elle est préparée.

C'est l'avantage des motels qu'on n'y perd pas de temps, ceux qui s'y arrêtent étant toujours pressés de repartir.

Je remonte dans ma voiture sans un regard en arrière, je ne reviendrai jamais ici.

Je vais rentrer sur Paris. C'est là que j'ai à faire, c'est là qu'on m'attend. Me veut présente.

Je le sais.

Et puis il a couché avec une autre femme.

Revanche pour notre scène de l'autre soir ? Essai pour m'éprouver, me dominer, me faire comprendre que c'est lui, le chef de meute ? Aussi qu'il est et reste un « macho », mot qu'il affectionne ? « C'est que je suis méditerranéen, moi ! » me sort-il à temps réguliers.

Je savais qu'un tel dérapage pouvait menacer notre couple, mais j'étais incapable de savoir à l'avance comment je le prendrais et allais réagir.

Si la tentation lui en venait, comme à la plupart des hommes – car le goût de tester sa virilité par le changement est inhérent au sexe masculin –, il m'arrivait d'espérer lâchement qu'il me le dissimulerait.

Tant de gens prétendent que ce que l'on ignore ne peut ni blesser ni nuire – bien qu'on reconnaisse maintenant que l'inconscient sait toujours tout. Même ce qui s'est passé avant notre naissance, et que cela nous travaille en bien ou en mal. Quoi qu'il en soit, il est sûrement plus facile de continuer à vivre en couple quand la violence de la tromperie ne vous est pas jetée au visage au sacro-saint nom de la vérité.

Depuis le matin, je sentais que Douglas avait quelque chose à me dire et qu'il cherchait le bon moment : en promenade, à table, dans la salle de bains ? Il finit par choisir, je ne sais pourquoi, l'instant où, mon manteau sur le dos, je m'apprêtais à sortir.

« Il faut que je te dise... » a-t-il commencé, l'air léger.

Je tenais mon trousseau de clés à la main, vérifiai que mon téléphone portable était dans mon sac.

« Quoi, dis-moi vite, je suis pressée, mais vas-y...

– J'ai revu Christiane. »

C'est l'une de ses anciennes. J'aurais préféré qu'il ait rompu avec son passé, comme je l'avais fait avec le mien, afin qu'on reparte de l'avant dans du neuf, mais cela lui était difficile, comme à tous les hommes. À ce compte, je préférais encore qu'il retourne vers du connu plutôt que d'aller chasser la nouveauté...

N'empêche que le fait qu'il revoie Christiane, que je me laissais aller à appeler « la Vieille » pour tenter de minimiser son emprise alors qu'elle n'était pas beaucoup plus âgée que moi, m'agaçait sans me faire vraiment peur.

« Voilà : hier, je suis allée la voir chez elle.

– Oui.

– Et nous avons recouché. »

Effondrement du côté du plexus, artères qui se rétrécissent, besoin immédiat de boire de l'alcool, cognac, whisky, pour me remettre à respirer. J'ai dû pâlir.

« Tu sais, cela ne compte pas, elle n'allait pas bien, et si je l'ai fait, c'est par amitié. C'est si peu de chose que j'aurais pu ne pas t'en parler, mais je préfère être franc avec toi et te dire la vérité. »

S'il savait ce que je m'en fous, de la vérité, surtout quand elle me détruit : vivent alors les mensonges !

Je bois mon alcool au goulot.

« Mais pourquoi fais-tu ça, arrête, tu vas te faire mal, avec cette saloperie... »

Parce qu'il ne craint pas, lui, de me faire du mal avec la sienne ? Ma voix est si basse que je ne la reconnais pas :

« Bon, eh bien, c'est cassé.

– Quoi ? Qu'est-ce qui est cassé ?

– Toi et moi.

– Tu plaisantes, ma chérie, tu exagères...

– Douglas, quand je vais revenir, ce soir, je désire que tu ne sois plus là. Va vivre ailleurs. Chez Christiane, puisque vous avez renoué...

– Mais il n'en est pas question, elle ne veut pas de moi, elle a quelqu'un d'autre...

– Alors, va où tu veux, chez une autre, chez un ami, à l'hôtel, mais je ne veux plus de toi avec moi. Sinon, c'est moi qui partirai. »

Puis je prends la porte, m'enfuis, dégringole l'escalier, affolée à l'idée qu'il pourrait me courir après, me rattraper, tenter de m'expliquer combien il juge dérisoire ma réaction, me sermonner.

Douglas ne fait rien de tout ça.

Il reste immobile dans l'entrée, comme paralysé, convaincu, j'imagine, que je vais revenir et que nous allons discuter comme des personnes raisonnables. Des adultes qui s'aiment.

Mais c'est justement parce que je l'aime que je ne peux pas accepter ce qu'il vient de m'annoncer, bravement, croit-il, avec toute la franchise et la sincérité dont il se juge capable et dont il tient même à s'honorer. Or c'est mon corps qui ne le supporte pas. Mon corps de

« femelle », comme il dirait, qui n'envisage pas le partage. La plupart desdites femelles sont d'ailleurs comme moi : si elles continuent quand même de vivre en couple après une tromperie avérée de l'homme qu'elles aiment, c'est à cause des enfants, ou parce que c'est plus pratique, financièrement, matériellement parlant – d'ailleurs où iraient-elles ? La plupart du temps, elles sont dépendantes.

Mais c'est cassé.

Comme cela s'était brisé, il y a bien long-temps, entre Antoine et moi du fait de son infidé-lité notoire : tout doucettement, sans bruit, sans vraies scènes, et nous avions fini par divorcer.

Avec Douglas, la rupture est brutale, immé-diate, sans appel : je n'imagine plus de me retrouver dans un lit avec son corps sur mon corps. C'est physique, comme on dit de tout lien charnel fort. Trop fort, peut-être.

Mon portable sonne, c'est lui, et j'éteins l'ap-pareil. Songerait-il à me demander « pardon » ? Mais pardon de quoi ? Il a suivi son instinct, son chemin, sa morale si personnelle : pour lui, qu'est-ce qu'une coucherie de plus après telle-ment d'autres ? Un revenez-y accompli presque sans désir, soi-disant destiné à consoler une ancienne et qu'il aurait déjà oublié. (N'y ayant trouvé ni son plaisir ni son compte, sur ce point je le connais...)

Mais pas moi. Si, contrairement à lui, je n'étais pas présente sur les lieux, c'est pire : j'ai les images en tête. Il me suffit de me reporter à ce qu'il m'a raconté sur sa façon de prendre les femmes, d'en jouir, puis de les lâcher... Son cinéma est devenu le mien, et je crains d'avoir meilleure mémoire que lui, là-dessus.

Ce soir, je ne rentrerai pas à la maison, j'irai coucher chez ma sœur. Claude est médecin, elle me donnera des somnifères sans me poser de questions : elle saura deviner. Je sais qu'elle n'approuve pas ma liaison avec Douglas, elle l'avait jugé au premier coup d'œil : un séducteur. Ma sœur s'accorde avec son mari et le charme qu'a tenté de lui faire Douglas, comme à toutes, n'a réussi qu'à la convaincre qu'avec lui je n'étais pas en sécurité.

Je savais ne pas l'être et j'en souffrais, certes, mais je ne m'y étais pas arrêtée. Je ne le pouvais pas : nous étions imbriqués dans une passion plus forte que nous. Jusqu'à aujourd'hui.

Je rouvre mon portable pour prévenir Claude de ma venue et j'y trouve des SMS de Douglas : « *Je croyais que tu étais fan de la vérité et si je te l'ai dite, c'est pour qu'il n'y ait pas d'ombre*

302

entre nous, pas de mensonge... Tu peux en faire *autant avec moi, tu verras, cela renforcera ce* *qui nous lie. Je t'aime. Tu me manques. J'ai* *mal.* »

Un homme, une femme, deux mondes, deux univers, deux souffrances parallèles. Je ne peux pas dormir en dépit de doses renouvelées de somnifère, et je demeure toute la nuit devant la télé. Lui aussi, sans doute. Peut-être regardons-nous la même émission en pensant l'un à l'autre ? Sera-t-il parti quand je reviendrai à la maison ? Pour aller où, pauvre petit... ?

T'es-tu fait mal, mon enfant ? demande le cœur de la mère que son fils vient de lui arracher lorsque lui-même, en courant, bute et tombe sur le chemin. C'est tiré d'un vieux poème allemand que je croyais avoir oublié et qui me revient en mémoire : il traduit si parfaitement, si douloureusement ce qu'est le cœur pantelant, sanglant, innombrable, des femmes.

Deux jours plus tard, lorsque je reviens à la maison, c'est en sachant que Douglas n'y est plus : il m'a prévenue par SMS qu'il avait quitté les lieux. Mon cœur se serre lorsque je constate le vide dans l'armoire où pendouillent quelques cintres sans ses vêtements. Dans la salle de bains manquent également ses affaires de toilette, son rasoir, ailleurs des objets qui lui sont familiers, ses dossiers, ses livres, des photos... Des signes tangibles de la présence d'un autre, auxquels on ne savait pas, jusqu'à leur disparition, qu'on était aussi attaché.

Aucun message sur la console de l'entrée, ni sur la cheminée de la chambre, ni sur ma table, ni sur son bureau. C'est comme s'il n'avait jamais été ici, que nous n'avions jamais vécu ensemble.

Quand mon père est décédé, après l'enterrement il y avait encore dans la maison toutes ses affaires, dont ses lunettes – que pouvait-il devenir, lui qui voyait de plus en plus mal, sans ses lunettes ? C'était irrationnel, mais je les serrais dans ma main comme un talisman, un fétiche, promesse de son retour.

Là, rien, le silence, l'absence, et c'est moi qui l'ai voulu : en quelque sorte j'ai chassé Douglas et il m'a prise au mot.

Assise sur le rebord de notre lit, je voudrais que le temps, telle la marée, me ramène en arrière, aux jours lisses, heureux, innocents que nous avons partagés au début de notre liaison.

Si j'avais fermé les yeux, accepté son aveu, son écart, y serions-nous encore ?

Il aurait fallu que je ferme non seulement les yeux, mais les oreilles, mon imagination – et cela, je ne le pouvais pas. Je ne le peux toujours pas. Dès que je repense à ce qui s'est passé entre cette femme et lui, qui se reproduit peut-être à l'instant même, ou à ce qu'il risque de perpétrer avec d'autres, maintenant qu'il doit se sentir à nouveau libre, sans fidélité envers moi, mon cœur s'arrête.

Un arrêt de mort.

Je tombe en arrière sur le lit : je ne bougerai plus d'ici. Jamais.

306

Puis une pensée me remet debout : je n'ai vu nulle part son trousseau de clés. L'aurait-il emporté ? J'ai besoin de m'en assurer et je refais le tour de la maison, ouvre des tiroirs, des placards, rien : Douglas a emporté ses clés. Négligence, oubli, intention voulue ? Je m'accroche à cette dernière hypothèse, sans aucune preuve qu'elle soit la bonne...

Toutefois, il m'est doux, consolant, de penser que le trousseau de ces clés qui mènent à moi tintinnabule encore dans ses poches. Comme un rappel, un appel.

« Non, me dis-je, tu ne vas quand même pas te rendre en pèlerinage sur les lieux où vous avez été si souvent ensemble... Ce serait aussi ridicule que vain... Il faut savoir faire son deuil du passé ! »

Reste que, sur le plan affectif, je n'ai aucune autorité sur moi-même, et un dimanche où rien ne m'occupe, où personne ne m'attend, je me retrouve en route pour le bois de Boulogne.

J'ai pris ma voiture et cherche à me garer dans des parties du bois autres que celles où Douglas et moi allions régulièrement saluer la nature, prendre l'air, nous prétendre oisifs pendant quelques quarts d'heure, particulièrement les jours où nous ne l'étions pas.

Mais aucun lieu ne me convient : trop de circulation sur les grandes voies, aucune place de

parking aux environs du Racing ou du Pré Cate-
lan, et, comme mue par cette aimantation qui
s'appelle habitude, je me retrouve exactement là
où mon amant venait nous garer. Machinalement, je cherche son véhicule, ne le vois pas.
Qu'aurais-je fait, sinon ?

Cela va faire plusieurs mois que je n'ai aucune
nouvelle de lui et que je m'enfonce dans un
calme trompeur. J'entends par là que rien ne me
dérange : point de mauvais rêves, de réflexions
malsaines, je suis efficace dans mes activités, j'ai
repris la gymnastique quotidienne, suivi un
régime diététique qui m'a fait perdre un peu de
poids et me donne une belle peau.

Je n'ai à m'occuper que de moi et de ce qui
en dépend, comme l'appartement, mes proches.
Je me cultive aussi, lis des livres restés en attente
sur ma table, vais au théâtre, dans des exposi-
tions, me suis acheté de nouveaux ustensiles de
cuisine, une caméra numérique dont finalement
je ne me sers pas. Aucune envie d'engranger des
images, d'ailleurs de quoi ?

Sans que je m'en rende compte, je désire faire
l'inverse : dresser un barrage contre celles qui
restent bloquées en moi et qui risqueraient de
déferler.

Ce qui se passe aujourd'hui où j'ai commis
l'imprudence de revenir sur les lieux. On dit les

lieux du crime, on devrait dire du même ton les lieux du bonheur, ils sont tout aussi prégnants, et quand le bonheur s'est enfui, on s'y sent tout aussi mal que sur ceux du malheur.

Dès les premiers pas sur un petit chemin que nous avions souvent foulé, me revient en mémoire le jour où il pleuvait tant et où il avait ôté sa veste pour m'en entourer les épaules, et puis celui où il faisait si chaud que nous avions dû nous arrêter à l'ombre d'un grand chêne : le voici, d'ailleurs, semblable à lui-même, continuant d'afficher sagement le passage des saisons. Imperturbé, semble-t-il. Mais qu'en sait-on, les arbres aussi doivent éprouver de grandes douleurs ? Tout le vivant vit sous la menace de son anéantissement, proche ou lointain.

Il fait plutôt beau, en dépit d'un effilochement de nuages ; pourtant, d'un coup, il me semble que tout s'assombrit. Je vois sautiller sans hâte quelques lapins de toutes tailles et couleurs, le bois en est, paraît-il, infesté... Volètent et se posent parmi eux des corbeaux gras, très noirs, des geais, des pies.

Et comme lorsque nous nous y promenions à pas lents en nous tenant par la taille, mon amant et moi, des joggers croisent, absorbés par leur rythme et leur souffle, de jeunes mamans poussant des landaus, des chiens lâchés par leurs maîtres s'ébattent dans une liberté que la ville leur refuse.

La vie est là, calme et tranquille, et n'était la façon dont ceux que je rencontre sont vêtus, je pourrais me croire hors du temps – aussi bien au début du siècle dernier qu'à sa fin, ou hier...

Hier : mot terrible, et soudain les larmes se mettent à rouler sur mes joues, sans préavis, car je n'ai rien ressenti ni pensé de particulier, je me suis contentée de m'imprégner de ce qui m'entourait et de me dire que tout était doux. Ou plutôt que tout pourrait l'être, et c'est ce conditionnel qui me met dans ce subit état de déréliction : pourquoi passons-nous notre temps à refuser l'amour, à le gâcher, à lui claquer la porte au nez, au nom d'on ne sait trop quelle exigence, quelle sévère vision du monde qui nous est imposée par la partie la plus extérieure de nous-même ? Celle qui nous veut du mal et qui nous vient d'autrui, de la société, de ses concepts bêtes et méchants, quand ce n'est pas inhumains ?

Jambes coupées, je me laisse tomber sur un gros tronc d'arbre laissé au bord d'un chemin par les forestiers. Je suis un peu dissimulée par des buissons.

Soudain il arrive.

Je ne le reconnais pas tout de suite, comme il est fréquent quand on rencontre un familier là où on ne s'attendait pas du tout à le voir. Hors de son contexte, du lieu, de la ville, du pays auquel on l'assimile, que fait-il là, finit-on par demander à celui qui nous semble égaré alors qu'il est tout à fait en droit de penser la même chose de nous !

Figée, je regarde Douglas s'avancer et je crois que je l'aurais laissé passer, comme une hallucination, si ses yeux, qui considéraient le sentier, ne s'étaient brusquement posés sur moi. Lui non plus ne semble pas croire à mon apparition. Il fait encore quelques pas, va me dépasser, ralentit, s'arrête, me fixe. Sans me sourire ni me saluer.

Et c'est également sans un mot qu'il oblique vers moi pour venir s'asseoir à mon côté. Tout comme autrefois.

Ce devait être dans les replis de l'univers, du fait de hasards qui n'en sont pas, que ce rendez-vous avait été préparé et pris à notre insu.

Pour ne nous connaître qu'à peine, nous n'avions eu que des relations indifférentes lorsque, au cours d'un cocktail d'affaires organisé dans un jardin, cet homme, Douglas, était venu s'asseoir sur un banc à mes côtés. Comme il vient de le faire aujourd'hui.

Ah, qu'il est doux et troublant l'instant du premier rendez-vous, diffusait une chanson de ma prime jeunesse... Là, on ne craint rien de l'autre, il ne vous pas encore blessé, déçu d'aucune manière, on peut projeter sur lui tout ce qu'on veut, en fait le meilleur de soi, son espérance – fût-elle non dite – de rencontrer enfin quelqu'un qui va nous voir tel que nous sommes, dans notre maturité, notre mûrissement, avec toute notre histoire, et nous aimer pour cela même. Sans réserve.

Se pourrait-il que ce soit celui-là ?

Certes, je ne m'attendais pas à être aimée par le premier venu qui s'approcherait de moi – faute de mieux ? –, mais entre Douglas et moi un charme avait joué dès cet instant-là. Ce que les physiologues, qui veulent tout expliquer par des phénomènes scientifiques, appellent les « phéromones », ces hormones de la communication et de l'attirance sexuelle qui émanent de nous à notre insu...

C'est à des riens que l'on s'aperçoit que notre « charme » – appelons ça ainsi – marche ou non sur quelqu'un, et le sien sur nous. À la façon dont Douglas, ce jour-là, ramassa mon écharpe de soie qui avait glissé et la remit en souriant sur mes épaules, à son ton pour me demander si je n'avais pas froid, le soir tombant, ni soif, au plaisir que je pris à entendre sa voix et à sentir sa main frôler la mienne quand il me rapporta un verre de jus d'orange, je compris... Quoi ? Eh bien, qu'il ne me déplaisait pas !

Que quelque chose en moi se sentait en confiance avec cet homme-là.

Quel beau et bon moment, si rare dans une existence. Il faudrait pouvoir en profiter longtemps, toujours... Et commencer par ne pas le laisser s'échapper.

Ce que nous avons su faire : dès le lendemain, Douglas me téléphone, m'invite à dîner, puis au cinéma, puis à des promenades dans les jardins publics. La plupart des histoires d'amour, si elles ont lieu en ville, commencent par une balade dans un parc, sur les quais – ah, ceux de l'île Saint-Louis, ils en ont vu, des débuts ! –, en fait dans un endroit à la fois solitaire, fréquenté et ouvert. Comme si l'on voulait se laisser la possibilité de s'échapper, si soudain on en éprouvait le désir – alors qu'on se sentirait piégé dans un appartement ou un restaurant.

Mais, là, je n'avais aucune envie de m'enfuir, et lorsque Douglas s'écartait de moi pour aller – selon ce que je découvrirais être son habitude – respirer de plus près une fleur ou contempler un arbuste, la vue sur la ville et son architecture, mon corps souffrait de cet éloignement. J'avais besoin, sans me l'avouer, de sa proximité, de son contact.

L'attirance était partagée – comme nous le prouva ce qui s'ensuivit très vite, et l'aveu qu'il me fit : « Je vous aime, je t'aime. » Mots divins auxquels on ne s'attend jamais vraiment et qui vous manquent si terriblement par la suite s'ils ne sont pas assez répétés...

On les voudrait à la chaîne, comme si, de les avoir entendus ne fût-ce qu'une fois vous donnait sur eux un droit de propriété.

Or, dans les mois qui suivirent, chaque fois que mon amant me disait « Je t'aime », au lieu d'être foudroyée de surprise, comblée de bonheur, comme la toute première fois, je me contentais de me sentir soulagée : bon, tout allait bien, tout continuait comme il était normal et nécessaire... En vérité, j'étais telle une droguée qui a besoin de recevoir son indispensable dose et qui ne peut plus en jouir !

Aujourd'hui, Douglas est comme la toute première fois, assis à côté de moi sur un banc. Dans l'idéal, j'aimerais qu'il me prenne dans ses bras et me dise : « Je t'aime. »

Cela n'est pas possible. Nous nous sommes trop blessés mutuellement, comme il arrive à ceux qui fusionnent dans l'amour. Deux êtres devenus des plaques chauffées à blanc et qui redoutent le contact l'un de l'autre, tout en le souhaitant désespérément. Comment faire pour rétablir le courant ? Qui le premier en aura le courage ?

J'aimerais que ce soit lui, mais les hommes, les « machos », ne savent guère comment s'y prendre quand ils ne sont plus dans l'élan de la séduction, de la conquête. On est à eux, en quelque sorte, et c'est à nous, femmes, de leur manifester notre désir et notre dépendance.

Je me lance :

« Tu m'as manqué.

— Je n'aurais pas cru.

— Pourquoi dis-tu ça ?

— Aucune nouvelle de toi.

— Tu ne m'en as pas donné non plus.

— J'ai cru comprendre que tu n'en voulais pas... »

Mal parti, on ne va pas déballer ; d'ailleurs, quoi ? Que je n'aime pas être trompée, il le sait ; mais il s'agit de lui faire comprendre, comme à moi, que je l'aime au-delà. Il ne me reste qu'à le dire.

« Je t'aime », dis-je en regardant droit devant moi.

Son silence est impressionnant.

« Je ne le crois pas, finit-il par sortir d'une voix très basse.

— Pourquoi ?

— Parce que je ne crois jamais qu'on puisse m'aimer... Je veux dire : pour de bon. »

C'est donc cela, sa blessure d'enfance. Je la soupçonnais et je n'ai pas fait en sorte de lui donner confiance sur ce plan-là, celui de l'origine. Il n'a pas le « socle » affectif qui permet d'aimer et d'accepter de l'être, et cela par la faute de ceux, quels qu'ils aient été, qui l'ont accueilli dans le monde.

« Tu sais, j'ai eu le temps de réfléchir, la souf-france y aide et je souffre de ne plus être avec toi. J'ai peu à peu compris, en pensant à toi, à nous, qu'on ne t'a pas appris à t'aimer toi-même, on ne te l'a pas permis... »

Il rit comme on pleure :

« Il n'y a pas plus égoïste que moi ! Tu le sais bien, je m'adore...

— C'est ce que tu crois, mais c'est ta forme de protection : tu veux t'aimer — et tu n'y parviens pas bien — en lieu et place de ceux dont c'était le rôle et qui n'ont pas su le faire, ne le savent toujours pas. Non pour ce que tu leur apportes, mais pour ce que tu es. Moi, je t'aime pour ce que tu es, désormais, et non pas pour ce que tu me fais ou ne me fais pas. Et t'aimer me fait vivre. »

C'est lui qui me prend la main.

Après quoi je me suis levée et suis partie la première. Douglas et moi ne venions pas de renouer, seulement de comprendre l'un et l'autre, grâce à cette rencontre fortuite, qu'il n'y avait plus de rancune entre nous. Aucun ressentiment. Encore moins de haine.

Pour ce qui est de l'amour, c'était autre chose. Je ressentais le mien comme ayant coulé dans mes profondeurs pour se ranger parmi celui que je continuais à porter à tous ceux que j'avais aimés, lesquels, temporairement ou définitivement, étaient devenus des absents.

Douglas avait été un absent de ma vie pendant ces longs mois et j'ignorais ce qu'il aurait fallu pour qu'il redevienne un présent. Qu'il le souhaite, déjà, or je ne savais rien de son désir. Là, il avait été heureux de faire la paix, je l'avais senti apaisé ; d'ailleurs, nous avions pu nous regarder, nous toucher. J'avais même dû retenir mon geste pour rectifier un détail de sa toilette : le col de son polo qui s'était retourné.

Tandis que je m'éloignais par le sentier, je sentais son regard sur moi : était-il en train de considérer ma démarche, mes jambes ou mes fesses ? Se demandait-il si j'étais toujours « baisable », à sa portée ?

Ou avait-il motif à se dire qu'il m'avait trouvé une remplaçante, et que c'était mieux ainsi pour lui comme pour moi ?

On ne sait rien, jamais, de ce que pense un autre, même très proche, à votre propos. On n'a affaire qu'à ce qu'il vous dit. Douglas, en tout cas, ne m'avait dit ni « Je t'aime », ni « Je te désire. »

Je repartais dans le noir et sur ce qui était peut-être ma faim.

Reste que je n'étais pas détruite, comme il m'était arrivé lorsqu'il me racontait ce que j'appelais, pour me protéger de sa nuisance, son « passé moisi ». Allais-je en faire partie, moi aussi ?

De gros corbeaux croassaient autour de ma tête et je crus un instant que l'un d'entre eux s'apprêtait à se poser sur mon épaule pour me crier : « *Nevermore* » ! Mais il reprit son vol vers ses congénères et me laissa seule avec moi-même.

« Alors ? »

Jamais Hélène ne commence par dire « Allô »
ou ne décline son nom lorsqu'elle appelle au
téléphone. Désir d'être tout de suite *in gear*,
comme disent les Anglais, entendant par là :
« branché » ? Conviction orgueilleuse qu'on doit
savoir qu'il s'agit d'elle sur une ou deux syllabes
de sa voix, unique il est vrai ? Je lui réponds du
même ton :

« Alors quoi ?

– Maintenant qu'on s'est retrouvées, on
s'était dit qu'on ne se quitterait plus, or je n'ai
aucune nouvelle de toi... François n'en a pas non
plus, me dit-il... Tu nous requittes, tu oublies, tu
es trop occupée ? »

Cela sort de moi d'un trait :

325

« Je suis amoureuse...

– Ah oui, de cet homme qui te baise ? »

Si ce n'était que ça ! La vérité c'est qu'il me fait souffrir, qu'il soit présent ou absent, et c'est cette douleur qui m'occupe. Je préfère la masquer à Hélène :

« Tu sais ce que c'est, lorsque tu vis avec un homme : ses emplois du temps deviennent les tiens... De plus, il voyage et il n'aime pas être sans moi... »

Là je mens, je rêve, je fantasme. En réalité, je suis seule, et que me prend-il de vouloir le rester ? C'est que je ne désire revoir ni Hélène, ni François, ni aucun de ceux de ce temps-là, pour la raison que je n'ai pas envie de me raconter.

De dire que l'amour ne marche plus, entre Douglas et moi, et que cette « panne », cet arrêt soudain me paralyse.

Hélène demeure plusieurs secondes silencieuse : elle doit tenter d'assimiler mes paroles – qui ne me ressemblent guère, c'est exact – et, si possible, de les déchiffrer. Finalement, elle attaque :

« Tu ne vas pas me dire qu'une fille comme toi, à notre époque, est tombée en esclavage amoureux... comme nos mères, nos grand-mères ?

– Tu ne l'es pas, toi, avec François ?

– Mais pas du tout ! François est mon compagnon, nous vivons ensemble, mais nous avons nos libertés, nos emplois du temps, nos amis... Si tu viens me voir, il ne sera pas présent, il ne songera pas à s'interposer et je ne lui rapporterai rien de ce qui se sera passé entre nous. Sois-en sûre... »

Ce que je m'en fiche !

« Hélène, il vous a fallu combien de temps pour en arriver là ? Des années et des années... Avec Douglas, je commence.

– Autrement dit, il va me falloir attendre quinze ou vingt ans pour te revoir ? »

Elle a vraiment l'air désolé, ce qui me touche.

« Mais non, Hélène, laisse-moi seulement trouver mon rythme avec lui, tu sais, comme dans un attelage : les chevaux doivent apprendre à galoper côte à côte pour arriver à tirer la même charge... On s'y exerce, Douglas et moi.

– Tu es heureuse ? »

Pourrait pas m'épargner la question ?

« Autant qu'on peut l'être en amour... Ça "craint", comme disent les jeunes.

– Viens m'en parler quand tu veux. Ton voyage sur ta carte du Tendre m'intéresse au plus haut point... Je te connais : tu dois être en train de découvrir des terres nouvelles.

— Promis ! »

Que j'ai hâte de raccrocher !

Quand c'est fait, je demeure un moment devant l'appareil, à m'interroger. Comment se fait-il que je n'aie plus envie de les revoir, ni elle, ni François, ni Paul, ni d'autres qui furent mes amours d'autrefois ? Contrairement à Douglas qui se complaît dans la compagnie de ses anciennes, qui les voit, les appelle, cultive leurs souvenirs communs...

Cela vient du corps.

S'il arrive à l'esprit d'avoir des trous de mémoire, le corps, lui, n'oublie rien. Et mon corps s'oppose à être ramené à des sensations, des manières d'être, d'aimer, de désirer qui ne sont plus les siennes aujourd'hui. Qui m'entravent dans ma nouvelle liberté. Ces gens me pèsent, comme du lest qui empêche l'envol vers un espace plus vaste ?

C'est sans doute là que gît l'essentiel de la différence entre les hommes et les femmes : le corps. Chaque fois que le corps d'une femme fabrique un enfant, la nouveauté est entière. Elle le sait, le ressent, et d'ailleurs sa grossesse ne se passe jamais de la même façon... Pour les hommes, l'un de leur spermatozoïde en vaut un autre, et peut-être est-ce pour compenser ce terrible anonymat qu'ils ont besoin de se raccrocher au corps de leurs ex-maîtresses comme s'ils avaient pu les mettre au monde.

Rien ne fait plus plaisir à Douglas que de pouvoir me dire en me parlant d'une femme ou d'une autre : « Tu sais, je l'ai marquée, elle me l'a redit et elle me remercie pour tout ce que je lui ai apporté... »

Comme si, quel que soit leur âge actuel, elles étaient ses filles, en quelque sorte son œuvre, et qu'il lui fallait conserver un lien avec certaines, sinon avec toutes, pour sentir qu'il avait véritablement existé. Qu'il avait pu créer, et mieux encore que dans son métier d'architecte, du fait que les femmes sont vivantes, volages aussi, contrairement à la pierre ? Malléables, éducables, parfois reconnaissantes, bien qu'il leur arrive, à elles aussi, d'avoir un cœur de pierre.

Pourquoi est-ce que j'arrive à comprendre cet homme dans ce qui le motive – alors qu'il ne me comprend pas, moi ? ou si mal ?

Ma chérie, ma chérie, ma chérie...

Bien sûr que je peux vivre seul, et toi de même !

Comme disait Leibniz, chacun de nous est une monade... Mais depuis que je me réveille sans toi au bout des doigts, je suis une monade triste, qui de plus vieillit à vue d'œil.

Que tu étais belle, l'autre jour, t'éloignant de ton pas dansant dans la forêt, comme si tu allais rejoindre ton château de roses et de cristal en compagnie d'un prince qui n'allait pas être moi...

Je suis resté longtemps sur ce tronc à attendre, à espérer ton retour — mais le miracle n'a pas eu lieu... Ma faute, sans doute... J'aurais

dû ne jamais laisser ta main quitter la mienne.
Est-il encore temps de... Là, tu es tout contre
moi : dis-moi ce que je dois faire...

Douglas.

Cette lettre ne quitta ni mon sac, ni mes poches, ni mon oreiller, en sorte que je pouvais entendre à tout instant ce qu'elle me disait, et aussi ce qu'elle ne me disait pas, et j'ai attendu plusieurs jours avant de prendre la plume pour lui répondre.

Mon amour... pourquoi pas ? J'aime ce mot qui, le plus souvent, n'engage à rien !

Ce qui m'est venu, loin de toi, c'est de faire des inventaires et des bilans. Pourtant, cela n'est pas mon genre, comme tu sais, je préfère laisser les choses s'arranger entre elles comme elles peuvent, et les gens aussi... Mais je crois que cela peut être utile et même qu'on devrait le recommander aux futurs époux avant le mariage, qu'ils entreprendraient dès lors non plus à l'aveugle, mais en connaissance de cause...

J'ai donc posé dans une colonne tout ce qui nous rapprochait, si bien, si fort, tout ce que nous avions en commun. Dans l'autre, tout ce qui nous séparait, du moins tout ce que nous avions de différent.

Voici ce que cela donne. (Tu peux en rajouter à ta guise, et même raturer...)

Nous avons en commun et dans le désordre :
— derrière nous : une longue histoire de vie et d'aventures
— devant nous : le désir de la continuer au mieux, cette histoire
— l'amour de la nature et de la beauté
— un besoin fréquent de méditation solitaire
— toutefois nous sommes friands et curieux d'autrui
— nous adorons les voitures rapides et les trains
— nous aimons faire l'amour à toute heure, de la même manière
— nous savons dormir ensemble, ou séparément
— nous avons horreur des scènes de ménage, entre nous comme chez les autres
— nous vénérons les enfants, ils nous émerveillent, mais nous énervent quand ils sont mal élevés...
— nous respectons l'espace de l'autre et ses silences
— nous tolérons notre mutuel et naturel égoïsme...
— nous ne nous mentons pas — ou rarement

– nous avons le même goût pour la légèreté des êtres et des choses.

Ce qui nous différencie ne m'est apparu que peu à peu, tant on fait tout, au début d'une liaison, pour se mettre au diapason de cet inconnu juste rencontré, qui nous émerveille et dont on souhaite se faire aimer :
– tu as horreur des horaires alors que je suis d'une précision exaspérante...
– tu t'autorises à changer d'avis, j'essaie de respecter mes dires même si je n'y crois plus.
– tu entends tout, tu vois tout, tu ne laisses rien passer chez les autres et chez toi ; tu me trouves trop indulgente, voire laxiste.
– tu répètes : « Je veux n'être tenu à rien ! », tu as horreur de la contrainte, tu détestes qu'on te dise : « Il faut, on doit ! » ; je m'oblige à faire ce que j'ai dit, même quand cela ne me paraît plus opportun.
– tu te plais avec les animaux, les respectes, mais n'en veux pas ; je voudrais des chiens et des chats !
– tu ne vois aucun mal à te livrer à une aventure hors couple (« Tu sais bien que je ne m'implique pas ! ») ; quant à moi, si j'aime je suis fidèle. Enfin presque...

— tu as besoin de te retrouver seul, des jours durant ; la présence et la compagnie de l'homme que j'aime ne me pèsent jamais.

— tu t'occupes de ton corps, l'examine, t'en plains, mais fuis du plus loin les examens et les médecins ; je pratique les check-ups réguliers.

— tu adores parler pendant l'amour, j'ai du mal à formuler ce que je ressens au fond de moi.

— tu t'angoisses à l'idée de la déchéance, je cherche à l'apprivoiser.

— tu racontes bien et lis peu, je raconte mal, trop vite, et j'adore lire !

— je me fais des idées sur toi – la preuve : ce bilan ! Toi tu ne t'en fais aucune sur moi, tu me vois telle que je suis, à ce que tu crois...

Entre un homme et une femme quand on décompte autant d'ombres que de lumières, n'y a-t-il pas de quoi être heureux ?

Ma lettre pas plus tôt postée, je m'en suis voulu : et de l'avoir écrite, et de l'avoir expédiée. Que devenait mon mystère ? Puis j'ai lâché la corde de la culpabilité, on ne peut pas tout maîtriser, il est temps que je m'abandonne à autrui, à cet homme... Adviendra ce qui doit arriver.

Ce fut un message sur mon portable :

Viens, je t'attends, je ne bougerai pas de chez moi, je resterai là, sans rien faire, sans boire, sans manger, à écouter le Bach que tu aimes, jusqu'à ce que tu arrives, chérie.

Suivait l'adresse et un numéro de code.

J'étais dans la rue quand j'ai écouté les messages de mon portable et reçu le sien. Dans l'instant j'ai pris la direction de son appartement qui, à ma connaissance, n'était pas loin. Je marchais vite, savais vers quel lieu j'allais, mais non vers quoi, quel destin. Je tremblais un peu et tentai de me rassurer : « Si Douglas me fait venir, ce ne peut pas être pour me signifier une rupture définitive... Peut-être pour discuter de notre incompatibilité que j'ai commis l'imprudence, bien féminine, de mettre en mots ? Sans doute en tant qu'homme, ne l'avait-il pas mesurée, jusque-là ? »

L'envie me vint de ne pas obéir à son appel, de disparaître, partir loin, très loin de tout, et surtout de l'amour, ce danger, cette fournaise, cet impossible...

« L'amour est impossible », murmurai-je en remuant les lèvres, ce qui fait que des passants me regardèrent : je n'avais ni téléphone en main, ni oreillette. Je parlais à qui ?

À l'univers.

Je suis arrivée devant la porte cochère, j'ai composé le code, poussé des portes, monté deux étages à pied. Je me voyais avancer comme lorsqu'on va à un tribunal, à une opération chirurgicale, vers un peloton d'exécution.

Tout avait été si doux, si facile, le jour de notre premier rendez-vous. Pourquoi celui-ci me paraissait-il aussi terrible ? Je n'étais plus moi-même : une feuille que le vent emporte dans une seule direction – vers lui.

Je sonnai.

Il vint m'ouvrir la porte.

Puis il m'ouvrit son cœur.

Nous avions le même.

Madeleine Chapsal
dans Le Livre de Poche

Affaires de cœur   n° 31032

Trois jeunes gens déphasés par l'après-guerre entament un
marivaudage qui va les emporter dans la valse dangereuse de
sentiments hors du commun. Ce roman, jusque-là demeuré
inédit, date des années 1950…

L'amour n'a pas de saison   n° 30120

Eugène Vignolles, à la retraite, est bien décidé à ne plus
bouger de sa campagne charentaise. Il ne veut plus s'occuper
que de son jardin et de sa chienne, Elsa. Et le voici qui
tombe amoureux de sa vieille amie, la belle Elaine…

Le « Certain » Âge   n° 30858

Vieillir, c'est comme une nouvelle naissance qui force à
réapprendre l'usage de son corps, de son esprit, la gestion de
ses gestes, de ses horaires, jusqu'à ses mœurs. En renonçant
à l'amour ? Je crois au contraire que le « certain » âge, c'est
l'âge de l'amour.

C'est tout un roman   n° 31565

Alexandre, la cinquantaine, romancier, décide de vivre avec
Delphine, 23 ans, qui l'initie aux mœurs de la nouvelle
génération… Il se met en tête de rédiger un essai philoso-
phique : échec. Humilié, l'écrivain voit se défaire sa relation
à ses lecteurs, aux femmes, à l'écriture…

Le Charme des liaisons n° 30938

Trois couples, trois histoires d'amour et de haine.,, Le roman commence avec Catherine, dont le mari, Jean, a disparu sans explication. Lorsque, un été, elle rencontre Maxence, c'est le coup de foudre ! Hélène et Béatrice assistent, chacune de son côté, à l'érosion de l'amour dans son couple et croit y échapper en entretenant des liaisons extraconjugales.

Conversations impudiques n° 30028
(avec Edouard Servan-Schreiber)

Lui est un jeune homme ou un homme jeune. Elle, une femme mûre. Tous deux suffisamment amis et complices pour pouvoir tout se dire. Et c'est du plaisir qu'il a envie de parler.

La Femme à l'écharpe n° 31363

Mona mène une existence sans nuages avec son mari, Max. Mais, très attachée à Saintes, elle ne peut se résoudre à mettre en vente la maison familiale dont elle vient d'hériter. La rencontre d'un homme sincère et vrai va lui ouvrir les yeux…

L'Homme de ma vie n° 30504

« C'est en 1942, à Megève, pendant la guerre, que j'ai rencontré un tout jeune homme : Jean-Jacques Servan-Schreiber, lequel se préparait à rejoindre de Gaulle. Il avait dix-huit ans, moi un peu moins… »

La Mieux Aimée n° 14961

Partout où elle passe, Maria règne. Des hommes l'ont aimée et la désirent encore. D'autres l'ont quittée et sont revenus.

Elle exerce son charme avec une apparente confiance en soi qui inspire à Gaëlle, sa filleule âgée de vingt ans, des sentiments mêlés de fascination et de jalousie.

Noces avec la vie   n° 30615

« J'ai seize ans, début de tuberculose, quand soudain la guerre éclate. Ma mère m'envoie rejoindre ma tante paternelle à Megève avec ses enfants. Beaucoup d'autres s'y cachent. C'est en dansant que je vais faire la connaissance d'un jeune homme qui part rejoindre de Gaulle : Jean-Jacques Servan-Schreiber, dix-huit ans. »

La Ronde des âges   n° 30309

L'été venu, un groupe de jeunes et de moins jeunes se retrouve chez Viviane Vanderelle, la grande créatrice de mode, dans son manoir saintongeais où elle dispense une hospitalité généreuse.

Les Roses de Bagatelle   n° 30776

Dans le bouillonnement des années 1950, c'est un amour fou qui explose entre un homme marié et une femme qui ne l'est pas. Tous deux ont la trentaine et Mathilde nous raconte sa joie d'aimer et d'être aimée. Mais son amant l'avertit qu'ils ne vivront jamais ensemble.

Un oncle à héritage   n° 30709

Dans le salon d'une belle maison de campagne, un homme d'un certain âge s'inquiète. C'est le baron Robien de Condignac, riche oncle à héritage. À qui va-t-il laisser ses biens ? Il hésite quand une solution de rechange – tombée du ciel par Internet ! – finit par se présenter…

DU MÊME AUTEUR :

Un été sans histoire, roman, Mercure de France, 1973 ; Folio, 958.

Je m'amuse et je t'aime, roman, Gallimard, 1976.

Grands cris dans la nuit du couple, roman, Gallimard, 1976 ; Folio, 1359.

La Jalousie, essai, Fayard, 1977 ; rééd., 1994.

Une femme en exil, récit, Grasset, 1979.

Un homme infidèle, roman, Grasset, 1980 ; Le Livre de Poche, 5773.

Envoyez la petite musique..., essai, Grasset, 1984 ; Le Livre de Poche, « Biblio / essais », 4079.

Un flingue sous les roses, théâtre, Gallimard, 1985.

La Maison de Jade, roman, Grasset, 1986 ; Le Livre de Poche, 6441.

Adieu l'amour, roman, Fayard, 1987 ; Le Livre de Poche, 6523.

Une saison de feuilles, roman, Fayard, 1988 ; Le Livre de Poche, 6663.

Douleur d'août, Grasset, 1988 ; Le Livre de Poche, 6792.

Quelques pas sur la terre, théâtre, Gallimard, 1989.

La Chair de la robe, essai, Fayard, 1989 ; Le Livre de Poche, 6901.

Si aimée, si seule, roman, Fayard, 1990 ; Le Livre de Poche, 6999.

Le Retour du bonheur, essai, Fayard, 1990 ; Le Livre de Poche, 4353.

L'Ami chien, récit, Acropole, 1990 ; Le Livre de Poche, 14913.

On attend les enfants, roman, Fayard, 1991 ; Le Livre de Poche, 9746.

Mère et filles, roman, Fayard, 1992 ; Le Livre de Poche, 9760.

La Femme abandonnée, roman, Fayard, 1992 ; Le Livre de Poche, 13767.

Suzanne et la province, roman, Fayard, 1993 ; Le Livre de Poche, 13624.

Oser écrire, essai, Fayard, 1993.

L'Inondation, récit, Fixot, 1994 ; Le Livre de Poche, 14061.

Ce que m'a appris Françoise Dolto, Fayard, 1994 ; Le Livre de Poche, 14381.

L'Inventaire, roman, Fayard, 1994 ; Le Livre de Poche, 14008.

Une femme heureuse, roman, Fayard, 1995 ; Le Livre de Poche, 14021.

Une soudaine solitude, essai, Fayard, 1995 ; Le Livre de Poche, 14151.

Le Foulard bleu, roman, Fayard, 1996 ; Le Livre de Poche, 14260.

Paroles d'amoureuse, poésie, Fayard, 1996.

Reviens, Simone, suspense, Stock, 1996 ; Le Livre de Poche, 14464.

La Femme en moi, essai, Fayard, 1996 ; Le Livre de Poche, 14507.

Les Amoureux, roman, Fayard, 1997 ; Le Livre de Poche, 14588.

Les amis sont de passage, essai, Fayard, 1997 ; Le Livre de Poche, 14751.

Un bouquet de violettes, suspense, Stock, 1997 ; Le Livre de Poche, 14563.

La Maîtresse de mon mari, roman, Fayard, 1997 ; Le Livre de Poche, 14733.

Un été sans toi, récit, Fayard, 1997 ; Le Livre de Poche, 14670.

Ils l'ont tuée, récit, Stock, 1997 ; Le Livre de Poche, 14488.

Meurtre en thalasso, suspense, Stock, 1998 ; Le Livre de Poche, 14966.

Défense d'aimer, Fayard, 1998 ; Le Livre de Poche, 14814.

Les Plus Belles Lettres d'amour, Albin Michel, 1998.

Théâtre I, En scène pour l'entracte, Fayard, 1998.

Théâtre II, Combien de femmes pour faire un homme ?, Fayard, 1998.

La Mieux Aimée, roman, Fayard, 1998 ; Le Livre de Poche, 14961.

Cet homme est marié, roman, Fayard, 1998 ; Le Livre de Poche, 14870.

Si je vous dis le mot passion..., entretiens, Fayard, 1999.

Trous de mémoire, essai, Fayard, 1999 ; Le Livre de Poche, 15176.

L'Indivision, roman, Fayard, 1999 ; Le Livre de Poche, 15039.

L'Embellisseur, roman, Fayard, 1999 ; Le Livre de Poche, 14984.

Divine passion, poésie, Fayard, 2000.

J'ai toujours raison, nouvelles, Fayard, 2000 ; Le Livre de Poche, 15306.

Jeu de femme, roman, Fayard, 2000 ; Le Livre de Poche, 15331.

Dans la tempête, roman, Fayard, 2000 ; Le Livre de Poche, 15231.

Nos jours heureux, roman, Fayard, 2000 ; Le Livre de Poche, 15368.

La Maison, récit, Fayard, 2001.

La Femme sans, roman, Fayard, 2001 ; Le Livre de Poche, 15486.

Les Chiffons du rêve, nouvelles, Fayard, 2001 ; Le Livre de Poche, 15553.

Deux femmes en vue, roman, Fayard, 2001 ; Le Livre de Poche, 15421.

L'amour n'a pas de saison, Fayard, 2002 ; Le Livre de Poche, 30120.

Nos enfants si gâtés, roman, Fayard, 2002 ; Le Livre de Poche, 30221.

Callas l'extrême, biographie, Michel Lafon, 2002 ; Le Livre de Poche, 30155.

Conversations impudiques, essai, Pauvert, 2002 ; Le Livre de Poche, 30028.

Dans mon jardin, récit, Fayard, 2003 ; Le Livre de Poche, 30410.

La Ronde des âges, roman, Fayard, 2003 ; Le Livre de Poche, 30309.

Mes éphémères, Fayard, 2003.

L'Homme de ma vie, Fayard, 2004 ; Le Livre de Poche, 30504.

Noces avec la vie, Fayard, 2004 ; Le Livre de Poche, 30615.

Un oncle à héritage, Fayard, 2005 ; Le Livre de Poche, 30709.

Les Roses de Bagatelle, Fayard, 2005 ; Le Livre de Poche, 30776.

Le « Certain » Âge, roman, Fayard, 2005 ; Le Livre de Poche, 30858.

Le Charme des liaisons, roman, Fayard, 2006 ; Le Livre de Poche, 30938.

Journal d'hier et d'aujourd'hui, t. I, Fayard, 2006.

Affaires de cœur, roman, Fayard, 2006 ; Le Livre de Poche, 31032.

Un amour pour trois, roman, Fayard, 2006 ; Le Livre de Poche, 31126.

L'Exclusion, Fayard, 2006.

La Femme à l'écharpe, Fayard, 2007 ; Le Livre de Poche, 31363.

Apprendre à aimer, conversations avec Serge Leclaire, Fayard, 2007.

Il vint m'ouvrir la porte, roman, Fayard, 2007.

Journal d'hier et d'aujourd'hui, t. II, Fayard, 2008.

C'est tout un roman !, Fayard, 2008 ; Le Livre de Poche, 31565.

Une balle près du cœur, roman, Fayard, 2008.

Méfiez-vous des jeunes filles, roman, Fayard, 2008.

Le Bonheur dans le mariage, roman, Fayard, 2009.

Journal d'hier et d'aujourd'hui, t. III, Fayard, 2009.

Madeleine Vionnet, ma mère et moi, Michel Lafon, 2010.

madeleine.chapsal@wanadoo.fr

 **www.livredepoche.com**

- le **catalogue** en ligne et les dernières parutions
- des **suggestions de lecture** par des libraires
- une **actualité éditoriale permanente** : interviews d'auteurs, extraits audio et vidéo, dépêches…
- **votre carnet de lecture** personnalisable
- des **espaces professionnels** dédiés aux journalistes, aux enseignants et aux documentalistes

Achevé d'imprimer en janvier 2010, en France sur Presse Offset par
Maury-Imprimeur - 45330 Malesherbes
N° d'imprimeur : 152184
Dépôt légal 1re publication : février 2010
LIBRAIRIE GÉNÉRALE FRANÇAISE - 31, rue de Fleurus - 75278 Paris Cedex 06